Enid Blyton

Fünf Freunde

Das Buch zum Film

DIE AUTORIN

Enid Blyton, 1897 in London geboren, begann im Alter von 14 Jahren, Gedichte zu schreiben. Bis zu ihrem Tod im Jahre 1968 verfasste sie über 700 Bücher und mehr als 3.000 Kurzgeschichten, die in über 40 Sprachen übersetzt wurden. Bis heute gehört Enid Blyton zu den meistgelesenen Kinderbuchautoren der Welt und mit den »Fünf Freunden« hat sie die bekanntesten Helden aller Zeiten geschaffen.

Weitere Filmbücher der Fünf Freunde bei cbj:
Fünf Freunde 4 – Das Buch zum Film (22624)

Enid Blyton

Fünf Freunde

Das Buch zum Film

Nach einem Drehbuch von Mike Marzuk
basierend auf der gleichnamigen Buchreihe
von Enid Blyton

Geschrieben von Sarah Bosse

cbt

Dieses Buch ist auch als E-Book erhältlich.

MIX
Papier aus verantwortungsvollen Quellen
FSC® C014496
FSC www.fsc.org

Verlagsgruppe Random House FSC® N001967

1. Auflage 2019
Erstmals als cbt Taschenbuch September 2019

Basierend auf dem Drehbuch von Mike Marzuk
nach der gleichnamigen Buchreihe von Enid Blyton.
Geschrieben von Sarah Bosse.
Fotos (Marc Reimann) & Artwork (Mike Kraus) mit freundlicher Genehmigung
von Constantin Film Verleih GmbH/SamFilm/Alias Entertainment
Umschlaggestaltung: basic-book-design, Karl Müller-Bussdorf
ml · Herstellung: LW
Satz: Uhl + Massopust, Aalen
Druck: GGP Media GmbH, Pößneck
ISBN 978-3-570-31287-2
Printed in Germany

www.fuenf-freunde.com
www.cbj-verlag.de

CONSTANTIN FILM SAMFILM CONSTANTIN FILM PRODUKTION „FÜNF FREUNDE UND DAS TAL DER DINOSAURIER" ENID BLYTON
MARINUS HOHMANN ALLEGRA TINNEFELD RON ANTONY RENZENBRINK AMELIE LAMMERS JACOB MATSCHENZ PETER PRAGER MELIKA FOROUTAN DIRK BORCHARDT JÜRGEN TARRACH MILAN PESCHEL
CASTING STEFANY POHLMANN DOROTHEA GOLDFUß SILVIA NIEHUES DIANA DIETRICH OLE WILKEN ALEXANDER RUBIN WAVEFRONT STUDIOS TSCHANGIS CHAHROKH
WOLFRAM DE MARCO TOBIAS HAAS MANFRED DÖRING PHILIP PESCHLOW CLIFFORD WERBER KAREN LAWLER
MARTIN MOSZKOWICZ BERND SCHILLER ANDREAS ULMKE-SMEATON EWA KARLSTRÖM MIKE MARZUK
FFF Bayern
Follow us on #5FreundeFilm
Constantin Film

Kapitel 1

Marty mochte den kleinen Blumenladen sehr. Überhaupt liebte er Blumen. Nur selten aber kaufte er welche, denn ihm fehlte das Geld dazu. Und überhaupt: Wie sah das denn aus, wenn sich ein junger Mann Blumen kaufte? Die Leute hatten ihn ohnehin schon auf dem Kieker, weil er »anders« war. Zum Beispiel, weil er stotterte. Manchmal wünschte er sich, er würde nicht in dem beschaulichen Ort leben, wo jeder jeden kannte, sondern in einer Großstadt, in deren Anonymität er untertauchen und seine Ruhe haben konnte.

Aber trotzdem liebte er das kleine Städtchen mit dem hübschen Blumenladen in dem verwunschenen Hinterhof, der von blumenberankten Mauern umgeben war.

Marty schob die rechte Hand in die Hosentasche und ließ die Münzen darin klimpern. Heute war ein ganz besonderer Tag. Ein Tag, an dem er ein bisschen Geld investieren würde, um Blumen zu kaufen.

Gerade hatte Marty sein Moped abgestellt und überquerte die Straße, als die Inhaberin des Ladens, die – wie Marty wusste – wunderschöne Sträuße binden konnte, aus der Tür trat, um eine Kiste vom Anhänger ihres Wagens zu hieven.

Marty lief einen Schritt schneller, um ihr zu Hilfe zu eilen. Ein süßlicher Blütenduft wehte zu ihm herüber.

»W-warten Sie, ich helf Ihnen!«, rief er und hatte auch schon die Hände nach der Kiste ausgestreckt.

Die ältere Dame hob ihr Gesicht und lächelte ihn an. »Ach, wie freundlich von Ihnen. Vielen, vielen Dank.«

Zufrieden stellte Marty die Kiste im Hof ab. Der alten Lady half er doch gern! Doch als er sah, dass sie in ihre Kitteltasche griff, um ihm offenbar ein wenig Geld zuzustecken, hob er abwehrend die Hände. »N-nein! Wirklich. Das habe ich gern gemacht.« Verlegen wischte er sich die Hände an seiner Stoffhose ab. »Ähm, haben Sie Blumen?«

Die Floristin musste herzhaft lachen! Sie hob die Hände und zeigte in die Runde. Überall standen Kübel mit frischen, duftenden Blumen.

Jetzt spürte Marty erst recht, wie ihm das Blut ins Gesicht schoss. Er nickte und rang sich ein Lächeln ab. »Ich w-will Blumen kaufen. Mein Vater hat heute Geburtstag.«

Fasziniert sah Marty zu, wie die Frau Zinnien, Schleierkraut und Vergissmeinnicht zu einem kleinen Strauß band. Sie hatte ein Schmunzeln auf den Lippen, offenbar fand sie es schön, dass ein junger Mann seinem Vater Blumen schenkte.

Nachdem Marty bezahlt hatte, klemmte er die Blumen vorsichtig auf dem Gepäckträger seines Mopeds fest.

»Dann wünsche ich Ihnen einen schönen Tag«, rief sie ihm über die Mauer nach. »Und Ihrem Vater.«

Marty lächelte schüchtern zurück, setzte den Helm auf und startete das Moped.

Zum Friedhof war es nicht weit. Marty parkte das Moped und erklomm im Laufschritt den Hügel, auf dem sich das Grab seines Vaters befand.

Die beiden Jugendlichen sah er schon von Weitem. Und er erkannte auch, was sie da in der Hand hielten. Spraydosen! Er hörte das Zischen, als die Farbe auf den Grabstein spritzte.

»Hey!« Marty spurtete los. »Hey da! Hört sofort auf! V-verschwindet!«

Ein freches Lachen tönte zu Marty herüber, bevor die beiden Jungen Fersengeld gaben.

Marty fischte sein Taschentuch aus der Hosentasche und versuchte den Grabstein sauber zu wischen. Aber da war nichts zu machen. Wie kräftig er auch rieb, die Farbe war bereits in die Poren des rauen Steins eingedrungen und ließ sich nicht mehr entfernen. Traurig legte Marty die Blumen auf das Grab.

»Happy Birthday, Papa«, flüsterte er und spürte einen Kloß im Hals.

Die Sonne schien auf den Grabstein. Er fühlte sich warm an unter Martys Fingerkuppen, als er über den dort eingravierten Namen strich. *Marty Bach senior* las Marty in Gedanken und flüsterte kaum hörbar: »Ich vermisse dich.«

In dieser traurigen und sehnsuchtsvollen Stimmung kehrte Marty zu der Lichtung zurück, auf der seine geliebte Waldhütte stand. Hier war ihm sein Vater allgegenwärtig. Gemeinsam hatten sie das kleine Holzhaus liebevoll eingerichtet, es wohnlich gemacht.

Marty parkte das Moped zwischen den Bäumen, die im

Sommer angenehmen Schatten spendeten und das Zuhause unzähliger Vögel und Eichhörnchen waren, und trat über die kleine Veranda ins Haus.

Wie gewohnt ging er als Erstes zum Kühlschrank, um einen kräftigen Schluck kalte Milch aus der Flasche zu trinken, als plötzlich eine Stimme wie ein rostiges Scharnier durch den Raum quietschte.

»Marty Bach junior. Alter Freund!«

Vor Scheck ließ Marty die Flasche fallen.

Er brauchte sich gar nicht umzudrehen, um zu wissen, wer das war, aber er tat es doch, um dem anderen ins Gesicht zu blicken.

»W-Wir sind keine Freunde, Kurt Weiler!«, stellte Marty klar und ekelte sich, weil dieser schmuddelige Typ mit den gruseligen Zähnen, fettigen Haaren und stinkenden, ölverschmierten Klamotten im Sessel fläzte. In *Papas* Sessel!

Automatisch suchte seine rechte Hand den Weg zu seinem Herzen. Klopf, Klopf! Zwei leichte Schläge auf die Brust. *Ruhig, Herz, ruhig*, sprach Marty wie ein Mantra zu sich selbst.

»Warum sagst du denn so was?«, quäkte Weiler. Seine Stimme klang wirklich, als müsse sie dringend geölt werden.

Marty trat einen Schritt zur Seite, weg von dem Milchsee auf dem Fußboden. Ausgerechnet Milch! Er würde gründlich aufwischen müssen, sonst gab es den übelsten Gestank. Er war wütend.

»W-was willst du hier?«

Weiler seufzte. »Dein Vater schuldet mir noch Geld. Für den Generator, den er von mir bekommen hat.«

»Mein V-Vater ist seit zwei Jahren tot«, erinnerte Marty sein Gegenüber genervt.

Weiler legte mitleidig den Kopf schief und antwortete in weinerlichem Ton: »Ich weiß, ich weiß. Und ich finde das wirklich, wirklich sehr bedauerlich.« Dann räusperte er sich und richtete sich im Sessel auf. »Aber ich will mein Geld trotzdem«, sagte er mit fester Stimme.

Nervös begann Marty in allen Hosentaschen zu suchen und fand schließlich in einer der Gesäßtaschen einen zerknüllten Zehn-Euro-Schein. Den strich er glatt und hielt ihn Weiler hin, ohne ihm dabei in die Augen zu schauen.

Klatsch! Im selben Augenblick hatte Weiler ihm eine Ohrfeige verpasst und ihn wütend weggestoßen. »Willst du mich verarschen?«

Marty hob schützend die Arme vor sein Gesicht und zog sich zurück. »M-mehr hab ich nicht.«

Es entging ihm nicht, dass Weiler den Blick durch den Raum wandern ließ und alle Gegenstände aufmerksam taxierte. Ob sich da aus irgendwas noch Geld herausschlagen ließ? Gab es wertvolle Gemälde, Kunstgegenstände, Schmuck?

Instinktiv schob sich Marty ein Stück zur Seite, um eine robuste Holztruhe zu verbergen, die neben dem alten gusseisernen Ofen auf dem Boden stand.

Doch Weiler war gewieft und hatte ihn sofort durchschaut. Jetzt wollte er erst recht wissen, was es mit der Truhe auf sich hatte.

Unsanft schob er Marty beiseite. »Was ist da drin? Hä?«

»Das gehört mir!«, protestierte Marty, wohl wissend,

dass dieser Einwand den Schmierlapp so wenig interessierte wie der Geburtstag von Queen Elisabeth.

»Das war nicht die Frage«, knurrte Weiler. »Ich will wissen, was da…« Doch da hatte er den Deckel schon aufgeklappt und riss verdutzt die Augen auf. »Was zum Teufel…« Er griff hinein und holte einen langen, gebogenen Gegenstand heraus. Wie einen Pokal hielt er ihn in die Luft. »Ist das… ein Knochen?«, fragte er ungläubig.

Marty hielt es für besser, zu schweigen. Er wusste eh, was jetzt kam. Klatsch, die nächste Ohrfeige landete auf seiner Wange. »He, ich hab dich was gefragt! Idiot.«

Marty hielt sich die Hand auf das schmerzende Gesicht. »Gorgosaurus libratus, theropoder Dinosaurier, bipeder Fleischfresser aus der Familie der Thyrannosauridae. Spätes Capanium…«, leierte er herunter.

»Das is'n Dinoknochen?«, rief Weiler begeistert. Jetzt tat er plötzlich kumpelhaft und legte Marty den Arm um die Schulter. »Wo hast'n den her?«

»V-von meinem P-Papa«, stammelte Marty. Er versuchte zurückzuweichen. Weilers Mundgeruch war unerträglich.

Weiler bleckte die braun verfärbten Zähne. »Vielleicht war dein Vater gar nicht so ein Spinner, wie alle behaupten.« Er wog den riesigen Knochen in der Hand und betrachtete ihn eingehend. »Wenn das wirklich ein Dinoknochen ist, wird er ja bestimmt ein paar Euro wert sein.«

»Der gehört mir. Du darfst ihn mir nicht einfach stehlen!«, protestierte Marty. Er spürte Panik in sich aufsteigen.

Doch Weiler lachte nur dreckig und gab Marty dabei

einen Klapps auf den Hinterkopf. »Wer redet denn von Stehlen? Ich … leih ihn mir. Für immer.«

»Du bist ein Dieb!«, brüllte Marty Weiler direkt ins Gesicht.

Doch der hielt ihm nur drohend den Knochen vor die Nase. Mit seinem stieren Blick ließ Weiler keinen Zweifel daran, dass er es verdammt ernst meinte. »Ich glaube, wir verstehen uns«, zischte er.

Dann verließ er die Hütte. Mit dem Knochen in der Hand.

Kurz darauf hörte Marty, wie Weiler seinen alten schrottreifen Pick-up startete.

Marty trat auf die Veranda und beobachtete fassungslos, wie Weiler ihm lässig durch die Heckscheibe zuwinkte. Die Hinterreifen wirbelten Dreck auf, der Marty ins Gesicht flog, aber er rührte sich nicht von der Stelle.

Ja, er war fassungslos. Er mochte das alles nicht glauben.

Und er vermisste seinen Vater so sehr.

Tante Fanny krallte die Finger krampfhaft um das Lenkrad und presste die Lippen zusammen. Hoch konzentriert starrte sie auf die Straße. Dichtes Gebüsch und hohe Bäume flogen an den Seiten dahin, während der alte, rote Volvo durch das schöne Tal schnurrte. Der Himmel strahlte in schönstem Blau. Bestes Wetter für einen Wochenendausflug, wenn nicht …

»Meint ihr, wir hätten doch die letzte Ausfahrt nehmen müssen?«, fragte Tante Fanny nervös und suchte im Rückspiegel Dicks Blick, der zwischen Anne und George im Fond des Wagens hockte. Er hielt ein Smartphone in die Höhe, mal weiter nach links, mal weiter nach rechts, aber an seinem enttäuschten Gesicht konnte Tante Fanny schon ablesen, was er gleich sagen würde: »Immer noch kein Empfang. Wir sind verloren.«

Julian, der auf dem Beifahrersitz saß und mit einer Straßenkarte kämpfte, versuchte derweil, sich darauf zurechtzufinden. Endlich hatte er die Stelle gefunden, die er suchte, und nahm dann mit den Fingern Maß. »Laut der Karte hier müsste nach etwa dreißig Kilometern eine weitere Ausfahrt kommen, Tante Fanny«, erklärte er.

Seine Tante bemühte sich, Ruhe zu bewahren, was ihr jedoch nicht so recht gelingen wollte. In ihrer orangeroten Strickjacke begann sie allmählich zu schwitzen. Nervös schob sie sich die Brille zurecht und kurbelte das Fenster ein Stück weiter runter. Im Radio dudelte irgendwelche nervtötende Musik. »Na ja, wir haben es ja zum Glück nicht eilig. Die Hochzeit ist ja erst übermorgen.«

George pustete genervt Luft aus. Dieser Hochzeitsfirlefanz ging ihr so was von auf den Senkel. »Warum müssen wir überhaupt dahin fahren?«, maulte sie. »Dein Cousin heiratet doch bestimmt auch noch ein viertes Mal.«

Fanny warf ihrer Tochter im Rückspiegel einen vorwurfsvollen Blick zu. Sie war ohnehin schon gestresst, weil sie sich offensichtlich verfahren hatten, und hatte jetzt keine Lust auf Diskussionen. »George, bitte hör auf damit. Das Thema hatten wir schon. Wenn du mal heiratest, willst du bestimmt auch, dass deine Cousins dabei sind.«

George verdrehte die Augen. Heiraten! Wie wenig kannte

ihre Mutter sie eigentlich? Als ob sie jemals heiraten würde! Gruselige Vorstellung.

Doch Anne war von dem Gedanken begeistert! »Au ja!«, rief sie und schenkte ihrer Cousine ein breites Lächeln. »Vielleicht kann ich dann sogar deine Trauzeugin sein.« Vorsichtig tastete sie mit den Fingerspitzen nach dem rosafarbenen Blumenkränzchen in ihrem blonden Haar, das sie sich extra für die Hochzeit besorgt hatte, als wollte sie sagen, dass sie auch für Georges Vermählung schon den passenden Kopfschmuck hatte. Sie war einfach hoffnungslos romantisch veranlagt.

»Ja, klar, super gern«, antwortete George.

Anne klatschte freudig in die Hände. »Cool!«

Dick stieß seiner Schwester den spitzen Ellenbogen in die Seite. »Anne, ich glaube, George hat das irgendwie ironisch gemeint.«

Das war Anne völlig egal. Ihre rosaroten Vorstellungen ließ sie sich von ihrem Bruder nicht vermiesen. »Du bist ja nur neidisch, weil *dich* niemand heiraten wird«, blaffte sie.

Und Julian setzte noch eins drauf. »Auf jeden Fall nicht mit *der* Frisur!«

George versuchte, Dick das violette Beanie vom Kopf zu zupfen, aber Dicks Reflexe funktionierten hervorragend. »Ey, hör gefälligst auf damit.« Diese Mütze behielt er auf. Und zwar immer!

Anne wandte den Kopf von den Streithähnen ab und blickte aus dem Fenster. Bäume, Büsche, Wiesen, schroffe Felsen sausten noch immer an ihnen vorbei. Wie lange waren sie nun schon an keinem Haus mehr vorbeigekommen?

»Oh, Mann, in dieser Gegend möchte ich echt keinen Motorschaden haben«, seufzte Anne.

»Mensch, Anne!«, maulte Dick. »Dass du auch immer so negativ sein musst!«

Jetzt reichte es Tante Fanny. Chaos-Kinder konnte sie nun wirklich nicht gebrauchen. »Hört auf zu streiten. Ich muss mich ...«

In dem Moment gab es einen lauten Knall und eine dichte Rauchwolke drang aus dem Motorraum.

»... wohl endlich mal um ein neues Auto kümmern.« Tante Fanny schaute betreten in die Runde. Timmy, der die ganze Zeit über brav im Kofferraum ausgeharrt hatte, begann zu bellen.

Ächzend und schnaubend blieb der Wagen stehen.

»Das war's wohl«, zischte George. »Wären wir doch nie ...«

Aber Julian gab ihr ein Zeichen, lieber den Mund zu halten. Vorwürfe brachten sie nun auch nicht weiter.

»Also los!«, forderte Julian die anderen auf und öffnete die Tür.

Während Tante Fanny lenkte, schoben die Kinder den roten Kombi an den Straßenrand. George tat es leid um das gute alte Auto. Sie hatte den Volvo immer gemocht. Schon als Winzling hatte sie im Kindersitz auf der Rückbank gesessen.

Kurz darauf liefen sie schwer bepackt am Straßenrand entlang. Timmy passte fein auf, dass er sein Rudel beisammen hielt.

Schon bald wurden Anne die Füße schwer, und es kam

ihr vor, als wöge ihr neuer orangefarbener Rucksack mindestens eine Tonne.

Julian hatte die Straßenkarte noch mehr oder weniger im Kopf. »Müssten so ungefähr drei Kilometer sein bis in die nächste Stadt«, stellte er fest.

Anne glaubte, nicht richtig zu hören. »Drei Kilometer? Oh Mann, das dauert ja noch Stunden, bis wir da sind«, stöhnte sie.

Über dieses Gejammer konnte Dick nur den Kopf schütteln. »Die Durchschnittsgeschwindigkeit zu Fuß beläuft sich bekanntermaßen auf vier Komma zwei Kilometer in der Stunde. Du musst also die drei mit den sechzig Minuten multiplizieren und dann durch vier Komma zwei teilen.«

Die anderen blieben genervt stehen. Dick und seine dreimalklugen Belehrungen!

Erst nach einigen Metern bemerkte Dick, dass die anderen nicht folgten, und drehte sich verständnislos zu ihnen um. »Was denn jetzt? Ich kann doch nichts dafür, dass ich so schlau bin!«

George prustete und marschierte wieder los. »Also, weiter. Sonst brauchen wir nachher wirklich noch Stunden.«

»Zweiundvierzig Komma acht-fünf-sieben Minuten«, rief Dick, als die anderen an ihm vorbeistiefelten.

Julian tätschelte ihm im Vorbeigehen die Schulter. »Ich bin echt stolz auf dich.«

Dick nickte grinsend. »Ich auch. Auf mich.«

Sie hatten schon ein gutes Stück der Strecke hinter sich gebracht, als der Weg sie durch einen dichten Wald führte.

Inzwischen sagte keiner mehr etwas. Alle waren müde und wollten einfach nur ankommen. Irgendwo.

Tante Fanny hielt es für ihre Aufgabe, die Kinder moralisch aufzubauen. Schließlich hatte sie sie in diese missliche Lage gebracht und sie war froh, dass die Kinder ihr keine Vorhaltungen machten. Durchhalten war angesagt. Sie selbst spürte bald alle Knochen, obwohl der Weg leicht abschüssig war, und hätte ihren schweren Koffer am liebsten einfach irgendwo stehen gelassen. Und warum hatte sie ausgerechnet heute Pumps angezogen? Bei jedem Schritt sanken die Absätze in den matschigen Waldboden ein.

Doch sie rang sich ein gequältes Lächeln ab. »Weit kann es nicht mehr sein …«

Um sich abzulenken, horchte Anne auf das Vogelgezwitscher hoch oben in den Baumkronen. Erschöpft ließ sie die Füße über den Boden schlurfen, denn inzwischen war es ihr egal, dass ihre hellen Schuhe vollkommen verdreckt waren. »Gott sei Dank regnet es nicht«, sagte sie beiläufig …

… als plötzlich aus der Ferne ein lautes Donnergrollen zu hören war!

George warf Anne einen entgeisterten Blick zu. Wie viel Unheil wollte sie denn noch herbeireden?

Der strahlend blaue Himmel verfinsterte sich in kürzester Zeit und wurde nur durch die Blitze erhellt, die in immer dichteren Abständen durch die düsteren Wolken zuckten. Und dann setzte ein Regen ein, als hätte jemand da oben im Himmel einen Wasserhahn aufgedreht.

Hoffentlich hatte Tante Fanny recht und es war wirklich

nicht mehr weit, bis sie irgendwo ankamen. Wo, war den Kindern inzwischen schnurzegal.

Es dauerte tatsächlich nur noch ein paar Minuten, bis sie vor sich am Waldrand ein großes, finster wirkendes Gebäude erblickten. Ein verwittertes Emaille-Schild wies die alte Villa als Hotel aus.

Doch die wenigen Minuten hatten ausgereicht, um Tante Fanny, Timmy und die Kinder bis auf die Haut zu durchnässen. Anne mochte gar nicht daran denken, wie ihr wunderschönes Blumenkränzchen jetzt aussah. Ganz zu schweigen von ihren Haaren.

Gemeinsam stiegen sie die Stufen zur Eingangstür hinauf und Tante Fanny zog an der altmodischen Klingelschnur. Als hätte sie bereits dahinter gelauert, öffnete eine junge Frau fast im selben Augenblick die Tür.

Alter! dachte Julian. In welchem Gruselfilm waren sie denn hier gelandet? Die Gothic-Braut, die ihnen gerade die Tür geöffnet hatte, wirkte mit ihren pechschwarz gefärbten Haaren und den schwarz umrandeten Augen und Lippen blass wie eine Leiche. Und auf der Schulter trug sie nichts anderes als eine waschechte Ratte! Die musste natürlich sofort von Timmy ausgebellt werden.

»'n Abend«, grüßte sie, zwar gelangweilt kaugummikauend, aber immerhin einigermaßen freundlich. »Kann ich euch irgendwie helfen?« Sie ließ eine Kaugummiblase platzen.

Auch Tante Fanny schien von der Erscheinung der Frau ziemlich überrascht zu sein, sodass es ihr erst einmal die Sprache verschlug.

»Äh … Ja, also …«, stammelte sie. »Ich meine … Hoffentlich. Äh. Haben Sie ein Zimmer für uns?«

Die junge Frau nickte lässig. »Klar. Ist ja schließlich 'n Hotel.« Sie trat zur Seite. »Kommt rein.«

Tante Fanny und die Kinder kamen aus dem Staunen nicht heraus, als sie hinter der Grufti-Braut her die knarrende Holztreppe hinaufstiegen. Der Sturzregen prasselte laut gegen die Fensterscheiben. Hier und da erkannten sie im schummrigen Licht ausgestopfte Tiere und andere seltsame Kunstobjekte auf kleinen Stelen, mit Tüchern verhängte Stehlampen und finstere Portraits an den Wänden.

Tante Fanny zeigte auf die Ratte auf der Schulter der jungen Frau. »Ist das hier so was wie ein … Wie sagt man? *Erlebnishotel*?«

»Wie kommst'n auf so was?«, fragte die Frau gelangweilt und blies das Kaugummi wieder auf. »Is alles stinknormal hier.«

Sie waren am Ende eines Ganges angekommen, dessen Boden mit einem weichen dunkelroten Teppich ausgelegt war. Auch hier war es so dunkel, als wollte der Hotelbesitzer Strom sparen.

Die Schwarzhaarige drückte sich die Ellenbogen in die Seiten und tat so, als würde sie auf die beiden gegenüberliegenden Türen schießen. »Peng, Peng! Hier sind eure Zimmer. Und morgen besprechen wir dann alles Weitere. Kiddies, gute Nacht.«

Kaum war die junge Frau verschwunden, stieß Tante Fanny die eine Tür mit der Hüfte auf. »Sehr freundlich.« Sie musste husten und es dauerte einen Moment, bis sie weitersprechen konnte. »Kinder, ich bin todmüde und leg mich gleich hin. Gute Nacht.«

»Oh je, klingt gar nicht gut der Husten. Hoffentlich wird sie nicht kr...«, setzte Anne, das Orakel, an, als Julian ihr auch schon die Hand auf den Mund presste. »Ne, ne, du sagst jetzt besser nichts.«

Und damit zog er sie ins Zimmer.

»Aber ...«, protestierte Anne.

»Psst«, machten Julian, Dick und George.

Kapitel 2

Gut gelaunt hüpfte George mit Timmy die Treppe zum Foyer hinunter. Sie hatte nicht besonders gut geschlafen, denn ihre Mutter hatte die ganze Nacht hindurch gehustet, aber jetzt schien die Sonne und lockte zu neuen Abenteuern. Zwar tat Fanny ihr leid, denn es ging ihr wirklich schlecht, aber auf der anderen Seite war George heilfroh: Wenn ihre Mutter das Bett hüten musste, kamen sie um den Besuch dieser gruseligen Hochzeit herum.

Die junge Grufti-Frau lümmelte an der Rezeption herum und musste sich gerade von einem älteren, vollschlanken Mann mit dunklen Haaren und Schnurrbart beschimpfen lassen. »Ich hab Ihnen geschrieben, keine Haustiere, ja? Jetzt fragen Sie bloß nicht, wieso, weshalb, warum«, maulte er, wobei sein Hals anschwoll.

Die junge Frau ließ seine Tiraden unbeeindruckt an sich abprallen und kaute weiter auf ihrem Kaugummi herum.

Ziemlich cool, dachte George.

In diesem Moment sauste Timmy an dem Typen vorbei, woraufhin dieser Schnappatmung bekam. »Wie? War das ein Hund?«

Die junge Frau sah den Mann gelangweilt an und sagte: »Kommt drauf an …«

»Auf was?«, blaffte ihr Gegenüber. »Wollen Sie mich verarschen? Natürlich war das ein Hund! Das hab ich doch genau gesehen!«

Grinsend lief George in den Frühstücksraum, sie hatte einen Bärenhunger. Julian, Dick und Anne saßen bereits am Tisch. Irgendwie hatte Anne es geschafft, ihr rosa Blumenkränzchen wieder in Form zu bringen. Sie sah aus wie aus dem Ei gepellt – wie immer – und winkte ihrer Cousine fröhlich zu. »Guten Morgen!«

»Guten Morgen«, sagte George und ließ sich auf dem gepolsterten Stuhl nieder. Der herrliche Duft von knusprigen Brötchen stieg ihr in die Nase und sie fischte sich sofort eins aus dem Brotkörbchen.

»Ist alles okay?«, fragte Anne.

George nickte.

»Aber wo ist denn Tante Fanny?«, hakte Anne nach. »Sie ist doch nicht etwa … krank?«

George zog den Mund schief, als sie sich eine Scheibe Käse vom Teller nahm. »Doch, leider. Ich schätze, wir sitzen hier ein paar Tage fest.«

Genau wie George es sich gedacht hatte, stand Anne die Enttäuschung ins Gesicht geschrieben. »Nein!«, jammerte sie gedehnt. »Und die Hochzeit?«

George schenkte ihrer Cousine ein breites Lächeln. »Die findet statt«, antwortete sie mit vollem Mund. »Aber ohne uns.«

Anne ließ die Schultern hängen. Sie hatte sich doch so

auf die tolle Feier gefreut, all die Leute in schicken Kleidern, festliches Essen, das glückliche Brautpaar …

»Sag mal, heiratet der Cousin von deiner Mutter echt zum dritten Mal?«, unterbrach Dick Annes Gedanken. »Falls ja, liegt die Wahrscheinlichkeit einer vierten Hochzeit nämlich bei …«

»D-i-i-ck!«, pfiff Julian seinen Bruder zurück. Wen interessierten schon diese dämlichen Statistiken?

»Was?«, motzte Dick. »Ich hab mit George geredet!«

Aber George hörte ohnehin nicht zu. Ihre Aufmerksamkeit wurde von einem Paar an einem der Nebentische in Anspruch genommen, einem älteren Herrn – etwa in den Sechzigern – im grauen Anzug und einer deutlich jüngeren Frau mit Hochsteckfrisur.

»Den Mann kenn ich von irgendwoher«, sagte George, ohne auf Dicks Bemerkung einzugehen.

Dick folgte Georges Blick und drehte sich um. Ihm blieb die Spucke weg. »Ich glaubs nicht! Da verschlägt's einem ja glatt die Sprache.«

Julian verdrehte die Augen. »*Das* wär doch mal was.«

George war nun zu dem Paar hinübergegangen und die anderen konnten hören, wie sie den Mann mit »Professor Herzog?« ansprach. Dieser stand auf, knöpfte sich – ganz Gentleman – das Sakko zu und grüßte George überrascht, denn er erkannte sie offenbar nicht sofort.

»George Kirrin«, half sie ihm auf die Sprünge. »Die Tochter von Professor Quentin Kirrin …«

Jetzt war der Groschen gefallen. »Ach, natürlich, George. Was für eine Überraschung! Ist dein Vater auch hier?«

Die beiden plauderten miteinander, während sich die Frau, die der Professor versäumt hatte vorzustellen, an die Schläfe fasste. Eine steile Falte bildete sich zwischen ihren Augenbrauen. Offensichtlich hatte sie Kopfschmerzen.

»Und wer ist das bitte?«, wollte Anne, die mit den anderen noch am Tisch saß, endlich wissen.

Dick löste sich schließlich aus seiner Schockstarre. »Er ist ein … Was rede ich? Er ist *der* berühmte Paläontologe!« Er grinste vor Begeisterung von einem Ohr zum anderen.

»Jetzt komm mal wieder runter.« Anne legte ihrem Bruder die Hand auf den Arm. »Was bitteschön ist ein Palätodings?«

»Ein Paläontologe«, korrigierte Julian seine Schwester. »Jemand, der sich mit der Wissenschaft von Fossilien beschäftigt.«

»Und Fossilien sind Versteinerungen. Herzogs Fachgebiet sind …«, fügte Dick euphorisch hinzu und machte ein Kunstpause. »… Dinosaurier!«

Doch was dann geschah, hätte Dick in seinen kühnsten Träumen nicht zu wünschen gewagt. George winkte sie zu sich rüber. Sie sollten zum Tisch des Professors kommen! Dicks Herz begann zu klopfen wie die heftigste Buschtrommel. Während seine Geschwister aufstanden und zu George hinüberschlenderten, als sei das gar nichts, musste er erst einmal tief durchatmen.

Ich kann das, ich kann das, flüsterte er sich selbst wie ein Mantra zu. Dann erst stemmte er sich auf den Armlehnen hoch.

Während George dem Professor Julian und Anne vorstellte und nun auch die jüngere Frau ihnen die Hand gab und sich mit *Barbara* vorstellte, schlenderte Dick betont lässig zum Tisch des Professors. Er war darauf bedacht, als der rüberzukommen, der er war: ein cooler Typ mit einem unheimlich großen Wissen!

Was der coole Typ aber übersah, war die Teppichkante.

Gerade hatte George die Worte »Und das ist mein Cousin …« gesprochen, da blieb er mit der Fußspitze an der Kante hängen, strauchelte nach vorn, versuchte sich am Tisch festzuhalten und riss dabei das Tischtuch herunter. Und mit dem Tischtuch das gesamte Geschirr, das darauf stand.

»… Dick«, vollendete George den Satz.

»Wir müssen jetzt leider auch los«, sagte Professor Herzog relativ unbeeindruckt von dem Schlamassel zu seinen Füßen. »Aber wie schon gesagt, *das* solltet ihr euch nicht entgehen lassen.«

Als Dick sich auf den Rücken drehte, blickte er direkt in das Gesicht des Professors, der sich nun zu ihm hinunterbeugte. »Dick, ich hoffe, du kommst auch.«

Damit verabschiedeten die Herrschaften sich.

»Wohin komm ich auch?«, fragte Dick, als er sich schließlich aufgerappelt hatte. An seiner Backe klebte Marmelade.

Den Applaus hörten die Kinder schon von Weitem. Sie waren also auf dem richtigen Weg zum Bürgerhaus, in dem auch das Heimatmuseum untergebracht war. Und dann lag es vor ihnen in der Sonne, ein großes kastenförmiges Gebäude aus Sandstein mit einer kleinen Freitreppe und einem knallroten Portal aus Holz. Die Versammlung hatte offenbar schon begonnen.

Rasch befahl George Timmy vor dem Eingang brav Sitz zu machen und dort zu warten, dann eilten die Kinder die Treppe hinauf. Etliche Bürgerinnen und Bürger hatten sich in dem großen Saal eingefunden, und die Kinder fanden an einem der Stehtische Platz. Neugierig ließen sie die Blicke durch den Raum wandern, der mit Luftballons geschmückt war, als würde hier demnächst eine große Party steigen. Neben Professor Herzog erkannte George auch den unsympathischen Typen wieder, der sich an der Rezeption über die Haustiere beschwert hatte. Wer Tiere nicht mochte, war schon mal von vorherein unsympathisch, fand George.

Überhaupt hatte sich hier eine Reihe seltsamer Figuren eingefunden. *Fehlt nur noch das schwarzhaarige Mädel mit der Ratte*, dachte George, die inzwischen erfahren hatte, dass die junge Frau Melanie hieß.

Alle Leute starrten gebannt zur Bühne hinauf, wo auf einem Podest, das mit einem roten Samttuch bedeckt war, ein riesiger, geschwungener Knochen präsentiert wurde. Daneben stand ein Mann im grauen Anzug und hielt ein Mikrofon in der Hand. Die Kinder hatten schon mitbekommen, dass es sich dabei um Bürgermeister Jacoby handelte. Wer der schmierige Kerl neben ihm war, der vergebens versuchte, in seinem zerknitterten Sakko seriös zu wirken, wussten sie jedoch nicht.

Links von den Kindern stand ein seltsames Pärchen. Die Frau sah aus, als käme sie gerade vom Hausputz, und der

Mann machte den Anschein, als wollte er unmittelbar nach der Veranstaltung zu einer Wüstentour aufbrechen. Er trug khakifarbene Klamotten und eine Art Safarihelm auf dem Kopf. Der Mann ergriff auch sofort das Wort, nachdem der Bürgermeister angekündigt hatte, sie stünden für die Beantwortung von Fragen zu Verfügung.

»Herr Bürgermeister, können Sie mit Sicherheit sagen, dass dieser Knochen von einem Dinosaurier stammt?«, fragte er.

Der Bürgermeister antwortete, er selbst sei kein Experte, aber der sehr verehrte Professor Carl Herzog habe den Knochen untersucht und könne bestätigen, dass es sich um einen echten Dinosaurierknochen handele. Bei der Erwähnung seines Namens lächelte Professor Herzog bescheiden in alle Richtungen.

Bürgermeister Jacoby deutete mit der Hand auf den riesigen Knochen und sagte: »Dieses Fossil hier ist tatsächlich der über fünfundsechzig Millionen Jahre alte Knochen eines Dinosauriers.«

Applaus brandete auf und Dick schaute ungemein beeindruckt. Fünfundsechzig Millionen Jahre! Er war immer noch total geflashed davon, dass er den Professor getroffen hatte, und nun wurde ihm auch noch solch eine Sensation geboten! *Dank sei Tante Fannys Cousin, meinetwegen kann er gerne noch ein paar Mal heiraten*, dachte Dick. Auch Julian, Anne und George waren vollkommen begeistert. Dieser Besuch hatte sich gelohnt, da hatte der Professor wirklich nicht zu viel versprochen.

Jetzt meldete sich ein Mann zu Wort, der offensichtlich zu der obercoolen Kategorie Menschen gehörte, die ein Leben lang auf sportlich-dynamisch machten. Verwegen hatte er sich ein Tuch um den Kopf gebunden. »Ist davon auszugehen, dass es noch mehr von diesen Knochen gibt?«, fragte er und wedelte dabei mit der Hand in der Luft herum, als wollte er Fliegen verscheuchen.

Etwas hyperaktiv, der Gute, fand Julian.

Bürgermeister Jacoby zeigte auf den schmierigen Knitterjackentypen, der sich nun verlegen den Krawattenknoten zurechtrückte, als der Bürgermeister antwortete: »Wir haben den von dem ehrenwerten Finder dieses Knochens, Kurt Weiler, angegebenen Fundort gründlich durchforstet. Leider erfolglos. Aber natürlich schmälert das …«

»F-Falsch!«, hallte da eine aufgebrachte Stimme durch den Saal. »Das ist alles Lüge!«

Bürgermeister Jacoby richtete seinen Blick über die Köpfe der Leute hinweg und auch die Freunde drehten sich neugierig um.

Da stand ein junger Mann mit Seitenscheitel und einem altmodischen Poloshirt und Stoffhosen bekleidet. Er wirkte ein wenig einfältig und man sah ihm an, dass es ihm schwerfiel, vor so vielen Menschen zu sprechen. Aber er schien voller Wut. Das war ganz offensichtlich sein Antrieb, das ließ ihn mutig sein.

»W-Weiler ist ein Betrüger. Er hat den Knochen gar nicht gefunden, sondern gestohlen!«

Kurt Weiler auf der Bühne schüttelte den Kopf und verzog die Miene, als wollte er sagen: Ihr glaubt doch wohl nicht diesem Spinner?

Es entging den Freunden nicht, dass der junge Mann sich mit der geballten Faust ein paar Mal auf seine Brust klopfte, da wo das Herz sitzt. Es wirkte wie eine Art Ritual.

»Mein V-Vater hat den Knochen gefunden«, fuhr er fort. »Und es gibt noch mehr dav-von. V-viel mehr. Ein ganzes Tal voller Knochen.«

Ein Raunen ging durch das Publikum. Gemurmel und Getuschel wurde laut.

Die Freunde stießen sich gegenseitig an und grinsten. Dieses Event wurde ja immer spektakulärer! Ein ganzes Tal voller Dinosaurierknochen?

Doch ehe der junge Mann weitersprechen konnte, wurde er grob am Arm gepackt, vom Dorfpolizisten, der mit seinem Auftreten keinen Zweifel daran lassen wollte, dass *er* hier das Sagen hatte.

Was für ein fieser Typ, ging es Anne durch den Kopf. Der junge Mann tat ihr leid, wie er da von dem Polizisten Richtung Tür geschoben wurde. Alle starrten ihn an. Ihm war das sehr unangenehm, das war nicht zu übersehen. Verzweiflung stand ihm ins Gesicht geschrieben.

George blickte in die Gesichter der anwesenden Leute. Sie hätte zu gern gewusst, was ihnen durch den Kopf ging und was sie empfanden. Nach Mitleid oder Verständnis sah das nicht aus! Eher nach Hohn und … Gier?

»Warten Sie einen Moment!«, rief plötzlich der Bürgermeister, kurz bevor die beiden die Tür erreicht hatten. »Und? Wo finden wir dieses Tal?«, fragte er mit süffisantem Unterton, als würde es ihm Spaß machen, den jungen Mann vorzuführen.

George gefiel dieser Ton ganz und gar nicht.

Erwartungsvoll schweigend drehten die Anwesenden sich wieder zu dem jungen Mann um und glotzten ihn an.

Traurig senkte dieser den Blick. »Ich w-weiß es nicht. Leider«, sagte er jetzt deutlich leiser.

Ein zufriedenes Grinsen legte sich auf das Gesicht des Bürgermeisters, so als wollte er sagen: War ja klar.

Dann führte der Polizist den jungen Mann hinaus. »Komm, Marty, genug mit dem Unfug«, hörten die Freunde ihn sagen.

»Wie heißt der? Martin?«, fragte Julian.

»Marty«, erwiderte Anne. »Ich habe Marty verstanden.«

Julian beobachtete sehr genau, was da auf der Bühne vor sich ging, während Marty abgeführt wurde. Dieser Kurt Weiler … dem stand doch das schlechte Gewissen ins Gesicht geschrieben!

Der Bürgermeister gab derweil ein Statement ab: »Meine Damen und Herren, ich schulde Ihnen wohl eine Erklärung. Martys Vater, Marty Bach senior, ist ein uns nicht unbekannter … äh, Mann gewesen. Fasziniert von Dinosauriern war er besessen davon, selber einmal etwas Bedeutsames zu finden. Ohne Erfolg. Leider.«

Dann gab es noch einmal Applaus, der kleine Vortrag war beendet, die Leute begannen Gespräche in lockerer Runde, während ein paar Damen mit Tabletts durch die Reihen liefen und Sekt und Kanapees anboten. Schwupp! Davon schnappte sich Dick natürlich sofort zwei Stück und hatte eins schon gierig verputzt, als sie zu dem Stehtisch kamen, an dem der Professor wartete. Dennoch entging es

Dicks Adlerauge nicht, dass Kurt Weiler eiligen Schrittes von der Bühne gerauscht kam.

»Na, habe ich euch zu viel versprochen?«, begrüßte Professor Herzog die Freunde.

»Nein, gar nicht«, versicherte George. Anne und Julian nickten zustimmend.

»Ja, cool«, murmelte Dick mit vollem Mund.

George strich sich nachdenklich eine Strähne aus der Stirn. »Komisch, der Zwischenfall vorhin mit diesem Marty«, sagte sie. »Finden Sie nicht?«

Dabei folgte sie mit ihrem Blick Kurt Weiler, der nun mit einem aufgesetzten Lächeln einigen Leuten zunickte und dann Richtung Ausgang schlenderte, als wollte er möglichst nicht auffallen. Kein einziges Mal blieb er stehen, um sich mit den Gästen zu unterhalten.

»Nun«, ergriff Professor Herzog das Wort. »Herr Jacoby hat ja bereits erklärt, was diesen jungen Mann bewegt. Und wie mir gesagt wurde, ist es nicht das erste Mal, dass er versucht, den Ruf seines Vaters wieder herzustellen.«

Doch Dick ging das Bild von dem Tal voller Dinosaurierknochen nicht aus dem Kopf. »Wenn er aber recht hat und es tatsächlich noch mehr Knochen gäbe, wäre das eine Sensation«, sagte er und wischte sich die Hand an den Jeans ab.

»In der Tat.« Der Professor rückte sich die Brille zurecht. »In der Tat.«

In diesem Moment meldete sich das Smartphone des Professors mit dem Blumenwalzer und auf dem Display erschien das Foto der jungen Frau, die mit ihm beim Frühstück am Tisch gesessen hatte. Barbara.

»Ah, ihre Tochter«, stellte Dick mit einem breiten Lächeln fest.

Professor Herzog griff nach dem Mobiltelefon. »Äh … Barbara ist meine Frau«, stellte er klar.

Dann ging er ein paar Schritte zur Seite, um ungestört zu telefonieren. »Hallo, mein Täubchen, was machen die Kopfschmerzen?«

Peinlich berührt blickten Julian, Anne und George zur Seite. Doch Dick ließ sich durch seinen kleinen Fauxpas in keiner Weise aus der Fassung bringen. Im Gegenteil.

»Ich glaube, der Professor mag mich«, sagte er stolz und stopfte sich das zweite Kanapee in den Mund, das er noch in der anderen Hand hielt.

Wenig später traten sie hinaus in den strahlenden Sonnenschein. George schirmte die Augen mit der Hand ab, denn das grelle Licht auf der Freitreppe blendete sie nun nach der relativen Dunkelheit im Gebäude.

Als ihre Augen sich an das Licht gewöhnt hatten, bekam sie einen Schreck. Timmy saß nicht mehr dort, wo sie ihn zurückgelassen hatte!

»Timmy?«, rief sie besorgt. »Tim-my! Wo steckst du?«

Jetzt sahen sich auch die anderen suchend um. Von dem Hund keine Spur.

Auf gut Glück rannte George los. »Kommt, versuchen wir es da lang!«

So schnell die Füße sie trugen, rannten die vier über das Pflaster des hübschen kleinen Örtchens, über schmucke, blumenbehangene Brücken, schmale Treppen und durch verwinkelte Gassen und riefen dabei nach Timmy.

Plötzlich war ein lautes Bellen zu hören.

Julian streckte den Arm aus. »Das kam aus dieser Richtung!«

Kurz darauf bremste George abrupt ab, sodass die anderen in sie hineinkrachten, und ging hinter einem Busch in Deckung. In einem Hinterhof stand dieser Marty und an seiner Seite Timmy! Der Hund bellte jemanden lautstark an, der ihm und Marty gegenüberstand – und das war kein Geringerer als Kurt Weiler!

Weiler drohte Marty mit einem Baseballschläger. »… mich so zu blamieren! Das wirst du bereuen.«

Marty hatte eine Abwehrhaltung eingenommen, seine Stimme klang weinerlich. »Lass mich in Ruhe! Sonst beißt dich der Hund in den Po!«

Und Timmy ließ keinen Zweifel daran, dass er genau das tun würde, wenn Kurt Weiler es wagte, auch nur einen Schritt näher zu kommen.

Bravo, Timmy, dachte George voller Stolz.

Weiler versuchte, den Unbeeindruckten zu spielen, er hielt den Schläger mit beiden Händen krampfhaft fest, aber es war deutlich zu sehen, dass er nun zu zittern begann. Widerstrebend zog er sich zurück. »Wir sind noch nicht fertig, Freundchen! Das versprech ich dir!«, knurrte er.

Endlich stieg er in seinen verrosteten Pick-up, ließ den Motor aufheulen und fuhr davon.

Martys Gesichtszüge entspannten sich. Er ging in die Hocke und streichelte Timmy, der das ganz offensichtlich genoss. Der Hund war ja schlau und wusste: Das habe ich gut gemacht.

»Danke, Hund«, sagte Marty leise.

Als die Freunde aus ihrer Deckung kamen, fuhr er erschrocken auf. Sofort war die Nervosität wieder da.

»L-lasst mich in Ruhe!«, rief er. »Sonst beißt euch der Hund in den Po!«

George lächelte milde und lockte ihren Hund. »Timmy, komm!«

Timmy gehorchte aufs Wort und kam schwanzwedelnd herbei.

Marty war jetzt klar, wem der Hund gehörte, und er begann sofort, sich zu rechtfertigen. »E-Er ist einfach mitgelaufen. W-Wirklich, ich lüge nicht.«

Julian ging langsam auf Marty zu und hob beschwichtigend die Hände. »Alles gut. Hey, alles gut.«

George trat neben ihren Cousin. »Du bist Marty, richtig?«

Dick machte eine Kopfbewegung in die Richtung, in der Pickup verschwunden war. Noch immer hing der Dieselgestank in der Luft. »War das der Typ aus dem Museum?«

Marty wich ihren Blicken aus. »W-Weiler ist ein Lügner«, sagte er zur Antwort, als rechnete er nicht damit, dass ihm überhaupt jemand glaubte. Dann drehte er sich zur Seite und wollte gehen.

Die Freunde warfen sich vielsagende Blicke zu. Hier war doch etwas oberfaul! Und wozu waren sie eigentlich in diesem Örtchen im Niemandsland gestrandet? Doch wohl, um der Sache auf den Grund zu gehen. Und schließlich ging es ja auch noch um so etwas Spektakuläres wie Dinosaurierknochen!

»Wo gehst du hin?«, rief Anne Marty hinterher.

Marty blieb kurz stehen. »Nach Hause.«

Aufgeregt begann Timmy zu bellen, als wollte er sagen: Ihr lasst ihn doch wohl nicht einfach so verschwinden?

»Ähm, wollen wir nicht vielleicht zusammen gehen?«, sagte George schnell. »Wir müssen zur Pension. Ist vielleicht dieselbe Richtung?«

Jetzt lächelte Marty zum ersten Mal. Er hob die Faust kurz an sein Herz und nickte schüchtern.

Kurz darauf stiefelten sie hinter Marty her durch einen kleinen Wald. Die Freunde kamen ganz schön außer Puste, denn Marty bewegte sich fast im Laufschritt.

Ja, sind wir denn hier an einem verhexten Ort?, dachte George, als plötzlich ein heftiger Regenguss aus dem Himmel fiel, der doch gerade noch so ausgesehen hatte, als wolle er mit seinem strahlenden Blau einen Preis gewinnen. Genau wie gestern!

»Dieser Regen nervt, ey.« George drehte sich zu Orakel-Anne um, aber die hob abwehrend die Hand. »Ich hab nix gesagt!«, zischte sie.

An einer Weggabelung blieb Marty stehen. Er zeigte auf ein Häuschen, das mitten auf einer kleinen Lichtung stand. »Hier w-wohn ich.«

Die Freunde waren beeindruckt. Das kleine Haus sah nach Abenteuer aus, nach Freiheit und Gemütlichkeit.

»Cool«, rief Dick. Die anderen nickten zustimmend.

Verlegen streckte Marty den Arm aus. »Zur Pension geht's da lang.« Er zögerte einen Moment. »Aber wenn ihr wollt, könnt ihr auch kurz reinkommen und den Regen abwarten.«

Da sagten die vier nicht nein. Bevor sie wieder bis auf die Haut nass wurden! Die Sachen von gestern waren noch nicht mal getrocknet.

Marty schloss die Tür auf und zeigte ihnen den Weg zum Wohnzimmer.

Die Kinder staunten nicht schlecht, was sie hier in diesem kleinen urigen Haus erwartete. Das war ja das reinste Museum! In mehreren Vitrinen standen kleine Skelette und Tierschädel, überall im Raum lagen Skizzenbücher mit gezeichneten Dinosauriern, in einer Ecke ein Mikroskop. An den Wänden hingen Landkarten und Fotos aus aller Welt.

Dick war vollkommen beeindruckt und konnte sich an all dem nicht sattsehen. Mit offenem Mund wandelte er durch den Raum.

Ein Foto fiel Anne sofort auf. Es stand in einem schwarzen Rahmen auf einem Bord und zeigte einen Mann, offensichtlich einen Wissenschaftler, der vor einer Felsformation lässig an einem Baum lehnt.

George indes beobachtete, wie Marty in der Küche eine Packung Hundefutter aus dem Schrank nahm, um für Timmy eine Schüssel zu füllen. Er hatte Hundefutter im Haus?

»Hast du auch einen Hund?«, fragte sie.

Doch Marty hielt nur eine Sekunde inne und beantwortete die Frage dann mit einer Gegenfrage. »W-wollt ihr etwas trinken?«

Die Freunde lehnten dankend ab.

Dick ließ den Blick über die vielen Buchrücken wandern. »Wow! Alles Fachbücher über Paläontologie. Hast du die alle gelesen?«

Marty nickte bescheiden. Er brachte Timmy das Schälchen mit dem Futter und begann, ihn zu streicheln. Gedankenversunken, das entging George nicht.

Jetzt wollte Anne aber wissen, was es mit dem Mann auf dem Foto auf sich hatte. Vorsichtig nahm sie den Rahmen von der kleinen Kommode. »Ist das dein Vater?«

Mit Martys Reaktion hatte keiner rechnen können!

Wütend stürzte er durch den Raum auf Anne zu. »Das gehört mir!«, brüllte er und entriss ihr das Bild. Doch seine Bewegung war zu unkontrolliert gewesen, das Foto glitt ihm aus der Hand und ging mit einem lauten Klirren auf dem Boden zu Bruch.

George versuchte Marty zu beruhigen. Was dachte der denn von ihnen! »Anne wollte dir … Also, wir wollen dir nichts wegnehmen!«, stellte sie klar.

Marty war wohl über seine Reaktion selbst erschrocken. Traurig blickte er zu Boden. Vor ihm lag der Scherbenhaufen. Vorsichtig fischte Marty mit spitzen Fingern das Foto heraus, als er plötzlich stutzte.

Auf der Rückseite des Fotos klebte ein gefaltetes Blatt Papier.

Die Freunde hielten die Luft an. Was hatte das zu bedeuten?

Auch Marty selbst war überrascht.

Behutsam faltete er das Blatt auseinander. Es war eine handgezeichnete Skizze, mit Bäumen, Felsen und allerhand Zahlen.

Neugierig spähte Julian Marty über die Schulter. »Was sind das für Zahlen?«

»I-ich weiß es nicht«, gab Marty zu.

Dick streckte die Hand nach dem Papier aus. »Darf ich mal sehen?«

Doch Marty zog das Blatt fort und hielt es krampfhaft fest. Er starrte misstrauisch in Dicks Richtung.

Die anderen warteten schweigend ab und blickten Marty erwartungsvoll an.

Doch Timmy war es, der ihn schließlich dazu brachte, Dick das Blatt Papier auszuhändigen. Der Hund legte den Kopf schief und fiepte, als wollte er sagen: Marty, du kannst uns vertrauen.

Aufgeregt strich Dick das Papier auf dem Tisch glatt und überflog die Zeichnungen und Zahlen. »Den Zeichen nach könnten das … Sieht aus wie Koordinaten!«

Als Anne neben ihn trat, warf sie einen kurzen Blick aus dem Fenster, um zu sehen, ob der Regen nachgelassen hatte. Sie erschrak für einen kurzen Moment. War da nicht eben ein Schatten weggehuscht? Aber dann wischte sie den Gedanken weg und konzentrierte sich auf die Zeichnung, die vor ihnen lag. Vermutlich war da draußen nur ein größerer Vogel davongeflogen.

Dick blickte Marty euphorisch an. »Du hast doch im Museum von einem Tal erzählt! Vielleicht sind das«, er tippte auf die Skizze, »die Koordinaten dazu.«

Martys Gesicht verfinsterte sich. Mit seinen Worten hatte Dick offenbar wieder das Misstrauen in Marty geweckt.

Schnell faltete Dick das Blatt zusammen und reichte es ihm. »Aber hey, hier. Es gehört dir.«

Marty drückte sich das Blatt Papier kurz an die Brust, dann hielt er es in den Händen und schaute darauf hinab. »Es gehört mir. Es gehört mir«, sagte er leise vor sich hin.

»Klar, Marty, natürlich«, versicherte George noch einmal. Marty sollte doch wissen, dass sie auf seiner Seite waren!

Marty hob den Blick. Seine flache Hand ruhte auf dem Papier. »Mein V-Vater war kein Sp-Spinner.«

Die Freunde tauschten Blicke aus und nickten sich zu. Marty schien wirklich aufgewühlt zu sein, da war es wohl an der Zeit, dass er wieder zur Ruhe kam.

»Ich glaube, wir packen's dann mal«, gab Julian als Ältester das Kommando zum Aufbruch. »Es ist schon spät.«

George schenkte Marty ein Lächeln. »Vielleicht sehen wir uns … morgen?«

Aber Marty antwortete nicht. Er starrte nur immer weiter auf die Skizze in seinen Händen.

»Schon irgendwie komisch, oder?«, sagte George, als die Freunde aus dem Haus traten. Der Regen hatte aufgehört, doch die Dämmerung hatte bereits eingesetzt. Anne zog sich die Strickjacke enger um die Schultern. Der Schatten kam ihr wieder in den Sinn, sie blickte sich ängstlich um. Irgendwie hatte sie das Gefühl, als seien sie nicht allein. Aber sie wagte es nicht, etwas zu sagen. Am Ende war sie es wieder schuld, wenn etwas Blödes passierte!

Außerdem wollte sie Dick in seinem Eifer nicht bremsen, der nun laut vor sich hin plapperte. »Also, ich bin mir sicher, dass diese Koordinaten etwas zu bedeuten haben. Und die zwei Felsen auf dem Foto, die hab ich auch schon mal gesehen.«

George hörte sich das schweigend an. Sie fand Martys Verhalten wirklich seltsam. Da war so einiges, das ihr nun durch den Kopf schwirrte und das erst einmal sortiert werden wollte.

Kapitel 3

Gruftie-Melanie fläzte hinter dem Tresen an der Rezeption und daddelte auf ihrem Smartphone herum. Ihre tiefschwarze Haarpracht hatte sie sich kess über die Schulter drapiert. Wie immer kaute sie ordinär auf einem Kaugummi herum.

»Da!« Dick lief zielstrebig auf die Theke zu und griff einen orangefarbenen Flyer aus einem Kunststoff-Display. Er tippte auf ein Foto, das darauf abgebildet war. »Hier. Die gleichen Felsen.«

Ohne den Blick vom Smartphone zu lösen, mischte sich Melanie ein. »Zwillingsbrüder«, nuschelte sie und ließ dann eine Kaugummiblase platzen.

Die Freunde sahen sie abwartend an. Kam da jetzt noch was? Irgendeine Erklärung oder so?

Genervt hob die junge Frau den Blick, während ihre Finger auf dem Smartphone ruhten. »Die Felsen. Heißen so. Keine Ahnung, warum sich jemand so'n Quatsch ausdenkt.«

Dick fragte sich, ob sie wirklich so begriffsstutzig war oder nur so tat. War das vielleicht ihre Masche? »Na ja, vielleicht weil sie nahezu identisch aussehen? Wie Zwillinge eben.«

»Ach was«, antwortete Melanie.

Wie jetzt?, dachte Dick verwirrt. *Verarscht die mich etwa?*

Melanie legte das Smartphone beiseite und griff nach einem Klemmbrett mit einer Liste darauf. »Also, Kiddies, wollt ihr die Tour machen? Dann müsst ihr euch hier eintragen.« Sie tippte auf die Liste. »Ist die letzte für dieses Jahr«, erklärte sie gelangweilt. »Danach wird die Brücke saniert. Dann ist erst mal ein Jahr Pause angesagt. Keine Brücke, kein Weg dorthin. Capisce?«

George hob die Hand. »Danke, angekommen. Wir überlegen's uns.«

Melanie nickte und widmete sich wieder ihrem Smartphone. »Macht das mal. Ist'n super Ding«, sagte sie beiläufig.

Darauf antwortete nur noch Timmy mit einem kräftigen *Wuff-Wuff!*

Damit ließen die Kirrins Melanie zurück. Sie machten einen Abstecher in den Speiseraum, wo sie kurz einen Happen zum Abendbrot aßen, und verschwanden dann auf ihr Zimmer. George war froh, endlich ihre blaue Sweat-Jacke ausziehen können, die vom Regen immer noch feucht war. Sie hatte wirklich keine Lust, jetzt auch noch krank zu werden. Jetzt, wo es gerade spannend wurde!

George hatte sich inzwischen im Zimmer von Julian, Dick und Anne einquartiert, um den nächtlichen Hustenattacken ihrer Mutter zu entkommen. Wie das ganze Hotel wirkte auch das Zimmer ein bisschen wie eine altmodische Geisterbahn. Überall standen ausgestopfte Tiere herum, und die Vorhänge waren aus schwerem, dunkelrotem Samt. Dick hatte es sich auf der Chaiselongue gemütlich gemacht und George großzügig sein Bett überlassen.

Kurz darauf hatten sie sich schon unter ihre Decken gekuschelt. Nur Julian lief in T-Shirt und Boxershorts noch im Zimmer auf und ab. So konnte er besser nachdenken.

»Also, mal angenommen, das auf der Zeichnung sind wirklich Koordinaten…«, sagte er.

»Was denn sonst?«, fiel Dick ihm ins Wort.

Julian machte eine Handbewegung in Dicks Richtung, als wollte er eine lästige Fliege fortscheuchen. »Ist ja schon gut. Dann kann es doch sein, dass sie zum Tal der Dinosaurier führen!«

Dick war Feuer und Flamme. »Ja, ausgehend von dieser Stelle, an der Martys Vater auf dem Foto stand, am Fuße dieser Zwillingsbrüder.«

George nickte zustimmend. »Klingt irgendwie einleuchtend.« Sie strubbelte Timmy über den Kopf, der es sich selbstverständlich auf ihrem Bett gemütlich gemacht hatte. Er schnupperte an dem ausgestopften Dachs, der vor dem Fußende des Bettes stand. Seltsames Tier!

»Dann hat Martys Vater recht und das Tal gibt es wirklich!«, lautete Annes Hypothese.

Dicks Augen leuchteten. »Sag ich doch. Und wir werden es zusammen mit Marty finden.«

Julian stemmte die Hände in die Seiten und seufzte. Dicks Zuversicht in allen Ehren, aber… »Na ja, auf mich hat Marty jetzt nicht gerade so gewirkt, als würde er uns vertrauen.«

»Dann müssen wir ihm klarmachen, dass wir zu den Guten gehören«, sagte George mit Nachdruck.

Julian klatschte in die Hände. »Das werden wir.« Dann stieg er in sein Bett und zog sich die kuschelige Daunendecke bis zum Kinn hoch. »Lasst uns jetzt schlafen. Morgen sehen wir weiter.«

Die Freunde wünschten sich eine gute Nacht, Timmy brummte genüsslich.

Schnell waren die Kinder eingeschlafen, nur Timmy war noch wach und betrachtete eine Weile den Schatten des seltsamen Dachses.

Es war klar, dass sie der Sache am nächsten Morgen weiter auf den Grund gehen würden. Tante Fanny lag noch immer krank im Bett und hatte nun sogar noch Fieber bekommen. Nachdem die Freunde sich mit einem ausgiebigen Frühstück gestärkt hatten, brachte Anne ihrer Tante eine große Kanne Tee aufs Zimmer.

Dann stiefelten sie los, quer durch den Wald zu Martys Hütte. Diese Abkürzung hatten sie gestern genommen. Timmy kläffte. Ihm machte es auch Spaß, durch das Laub zu rennen und an den Spuren zu schnüffeln, die die verschiedensten Tiere hier hinterlassen hatten. ›Hundezeitung lesen‹ nannte George das immer spaßeshalber.

»Hoffentlich ist Marty überhaupt zu Hause«, sagte sie.

In dem Moment sahen sie plötzlich Blaulicht durch die Bäume flackern. Als sie einen kleinen Wall erklommen hatten, erkannten sie einen Polizeiwagen, der direkt vor Martys Haus stand.

Julian streckte die Hand aus. »Seht ihr das? Da muss was passiert sein!«

Die Freunde sprinteten los.

Vor dem Haus fanden sie Marty auf einem Stuhl sitzend. Den Polizisten, der neben ihm stand und sich Notizen machte, erkannten sie sofort wieder. Es war derselbe, der Marty am Tag zuvor aus dem Saal geführt hatte.

»Fassen wir also noch mal zusammen«, sagte der Uniformierte. »Gestern Abend, 22 Uhr …«

Marty hielt sich ein Tuch an die linke Schläfe. George, die ihn als Erste erreicht hatte, erkannte sofort, dass er verletzt war. »Marty! Was ist passiert?«

Doch der Polizist hielt gar nichts von dieser Unterbrechung. »Momentchen!«, rief er streng. »Dies hier ist eine polizeiliche Ermittlung. Da könnt ihr nicht einfach so …«

Er packte George bei der Schulter, doch die schüttelte seinen Griff ab.

»… das geht nicht«, fuhr der Mann fort. Er schaute einen nach dem anderen an. »Wer seid ihr denn überhaupt?«

»Wir sind …« Anne zögerte nur einen winzigen Moment. »Wir sind Freunde von Marty.«

Es entging ihr nicht, dass ein Lächeln über Martys Gesicht huschte, obwohl er Schmerzen zu haben schien. Eine riesige Beule prangte über der Augenbraue sowie einige blutunterlaufene Striemen. Der hatte ordentlich was abbekommen!

»F-Freunde«, bestätigte Marty leise.

»Freunde«, wiederholte der Polizist mit einem spottenden Unterton. »Also gut. Ich verstehe. Und habt ihr irgendwas zu den Ermittlungen beizutragen?«

»Wir wissen ja nicht mal, was passiert ist!«, rief Dick. Er entdeckte auf der linken Brusttasche des Beamten ein Schildchen mit dessen Namen. »Herr Stiehl.«

Der Polizist warf sich in die Brust. »Inspektor Stiehl.«

»Jemand hat mich niedergeschlagen und das Foto gestohlen«, erklärte Marty und ließ den Kopf hängen.

Entsetzt blickten die Freunde sich an. Das durfte doch nicht wahr sein. »Mist«, fluchte Dick.

»Eine sagenhafte Beute.« Inspektor Stiehl machte sich ein paar Notizen. »Foto mit ein paar gekritzelten Zahlen hintendrauf.« Er lachte abfällig.

Jetzt reichte es Anne aber. »Ich weiß nicht, was daran lustig sein soll!«, schimpfte sie vorwurfsvoll und zeigte auf den jungen Mann, der mit schmerzverzerrtem Gesicht dasaß. »Marty ist verletzt!«

Der Inspektor wich ihrem Blick aus.

Julian wandte sich an Marty. »Konntest du den Täter denn erkennen?«

Marty schüttelte vorsichtig den Kopf. »Er war maskiert. Ich weiß nicht.« Er zögerte. »W-Weiler?«

Der Polizist holte tief Luft. »Genug Marty! Hör auf, unbescholtene Bürger zu beschuldigen. Ohne irgendwelche handfesten Beweise …«

Jetzt fiel George ihm ins Wort. »Wir waren Zeugen, als dieser Weiler Marty bedroht hat«, stellte sie fest, wobei sie das *wir* besonders betonte. Dieser Knilch sollte gleich wissen, mit wem er es zu tun hatte!

Auch Timmy wollte das klarstellen und kläffte laut.

Dem Polizisten verschlug das zunächst die Sprache. Er blickte von einem zum anderen.

Anne zuckte mit den Schultern und grinste breit. Mit dieser Aussage hatte er wohl nicht gerechnet.

Inspektor Stiehl seufzte. Er klickte die Kugelschreibermine zurück in den Stift und steckte diesen zusammen mit dem Block in die Innentasche seiner Uniformjacke. »Wisst ihr was, Kinder, ihr stehlt mir meine Zeit.« Mit einem entschlossenen Handgriff zog er den Reißverschluss seiner Jacke zu. »Kann es nicht auch so gewesen sein, Marty, dass du… keine Ahnung… hingefallen bist, dich irgendwo gestoßen und dir so die Verletzung zugezogen hast? Denk mal scharf nach, Marty. Dann fällt dir vielleicht auch wieder ein, wo du dein *wertvolles* Foto verbummelt hast«, sagte er und wandte sich dann einfach zum Gehen.

Marty senkte resigniert den Kopf. Wie ein Häufchen Elend saß er da. Ihm glaubte sowieso niemand.

Die Kirrins konnten nicht glauben, was sie da soeben miterleben mussten!

Julian war außer sich. Er rannte dem Polizisten ein Stück weit hinterher und brüllte. »Wo wollen sie denn hin? Sie müssen was unternehmen!«

Doch Inspektor Stiehl antwortete nur mit einer wegwerfenden Handbewegung.

So etwas Respektloses, dachte George. Sie war neben Marty stehen geblieben und hatte ihm die Hand auf die Schulter gelegt. »Oh Mann, ich flipp gleich aus. Glaubt der denn, du bist bescheuert?«

Marty nickte seufzend. Klar, dachte der, er sei bescheuert. Und damit war er nicht der Einzige.

Julian kam zurück und stellte sich in die Mitte, zwischen die anderen. »Wenn dieser Möchtegern-Polizist nichts unternimmt, dann werden wir die Sache selber in die Hand nehmen.«

Julian hob die Hand, die Freunde schlugen ein, und natürlich antwortete auch Timmy mit einem kräftigen *Wuff*!

»Marty, weißt du, wo Weiler wohnt?«, fragte Dick.

Marty nickte.

Man musste Weilers Wohnstätte eher als Behausung bezeichnen denn als Haus. Mitten auf einem Schrottplatz auf einer Industriebrache stand der abgewrackte Wohnwagen, der sein Zuhause darstellte, und als »Bad« diente ihm ein Dixi-Klo.

Anne rümpfte die Nase.

Hinter einigen Eisenplatten, die zur Abgrenzung des Grundstücks aufgestellt worden waren, legten sich die Freunde zusammen mit Marty auf die Lauer.

Weiler war unschwer zu entdecken, denn seine dreckige Lache hallte über das ganze Gelände. Er saß in einem alten, abgewetzten Polstersessel vor seinem Wohnwagen und lachte sich über irgendeinen Comic kaputt.

»Dem wird sein Lachen gleich vergehen«, knurrte Julian. »Was liest der da überhaupt so Lustiges?«

»Das ist Magic Max«, erklärte Dick eifrig. »Ein Superhelden-Comic, in dem der Held die Bösen durch seine Superkräfte zu einem Geständnis zwingt.«

Die Freunde behielten Weiler fest im Blick. Marty kicherte leise.

»Und ein Hellseher ist der«, fügte Dick hinzu. Und dann an Anne gewandt: »Ein Hellseher ist jemand, der …«

Anne verdrehte die Augen. »Ich *weiß*, was ein Hellseher ist.«

Julian mahnte sie, leise zu sein. »Psst! Hört auf! Überlegt euch lieber mal, wie wir Weiler da weglocken, damit wir seinen Wohnwagen durchsuchen können.«

In diesem Moment begann Weilers Handy irgendeine Country-Musik zu dudeln. Auch bei dem Gerät handelte es sich um ein ziemlich abgewracktes Teil, dessen Seiten mit Isolierband zusammengeklebt waren. Hastig griff Weiler danach. »Ja?«

Erstaunt hörten die Kirrins Marty hinter sich sagen: »Ich bin's, Marty.«

Was zum Teufel? Der sollte doch leise sein. »Psst!«, machten sie gleichzeitig.

Timmy kapierte es als Erster und drehte sich zu Marty um, der sich ebenfalls sein Smartphone ans Ohr hielt. Grandiose Idee!

Weiler richtete sich in seinem Sessel auf. »Marty, was für eine Überraschung.«

»Ich hab was für dich«, sagte Marty. Plötzlich klang er ziemlich selbstsicher.

»Und was soll das sein, Trottel?«, blaffte Weiler. Er glaubte Marty doch eh kein Wort.

Marty sprach seelenruhig weiter. »W-Wirst du schon sehen.«

»Ey, was das sein soll, hab ich gefragt!« Weiler wurde ungeduldig.

Aber Marty blieb standhaft. »W-Wirst du schon sehen.«

Weiler schien hin- und hergerissen zu sein. Sollte er dem jungen Mann wirklich glauben? »Verarsch mich nicht, klar!«, drohte er.

»K-Klar«, versicherte Marty. »Komm zu mir.«

»Okay«, willigte Weiler schließlich ein. »Ich hoffe für dich, dass sich der Weg lohnt.«

»Schwachkopf«, knurrte Weiler, als er aufgelegt hatte. Dann schlenderte er zu seinem Pick-up hinüber und startete den Wagen. Seine dreckige Lache übertönte das Motorengeräusch locker, als der Wagen vom Hof fuhr.

Stolz hielt Marty sein Smartphone in der Hand. Die Freunde drehten sich lachend zu ihm um.

»Genialer Trick, Marty«, lobte Dick. »Wirklich.«

Jetzt aber los! Julian schob sich zwischen den Eisenplatten hindurch und lief zielstrebig auf den Wohnwagen zu. Er blickte sich suchend um. »Wir brauchen irgendwas, um die Tür aufzubrechen.«

Doch George lief kurzerhand an ihm vorbei und drückte einfach die Türklinke herunter. Die Tür schwang auf. »Also, ich geh schon mal rein. Kannst ja nachkommen, wenn du was gefunden hast.«

Schmunzelnd zwinkerte sie Anne und Dick zu.

»Ich komm mit«, sagte Dick und schlüpfte zusammen mit Julian hinter George in den Wagen.

Marty hielt sich etwas abseits. »Ich bleib lieber draußen«, entschied er.

Anne stand bereits vor der Tür. Sie zögerte. Der Gedanke, in diese stinkige Bude zu steigen, war ihr alles andere als angenehm. »Ich warte mit dir, okay?«, schlug sie vor.

Julian, Dick und George verschlug es im Innern des Wagens erst einmal den Atem. Überall lag Müll herum, leere Bierdosen, Pizzakartons und allerlei Elektroschrott. Auch dreckige Wäsche.

Gut, dass Anne draußen geblieben ist, dachte George.

»Riecht wie in Dicks Zimmer«, stellte Julian fest.

Dick feuerte mit seinen Blicken Blitze auf seinen Bruder ab. »Sehr lustig!«

Julian grinste. »War'n Scherz.«

George verdrehte die Augen und begann auf der Suche nach dem Foto mit spitzen Fingern Gegenstände hochzuheben und Schränke und Schubladen zu öffnen. Das war wirklich unglaublich versifft alles, und wenn man irgendwelche Klappen öffnete, musste man aufpassen, dass einem nicht jede Menge Krempel entgegenkam. Machte dieser Typ denn niemals sauber? Räumte er niemals auf?

Dick dagegen war vollkommen begeistert. Wie angewurzelt blieb er vor einem Regal stehen und kam aus dem Staunen nicht mehr heraus. »Wow!«, rief er.

George und Julian waren ganz Ohr. Hatte Dick etwas Verdächtiges gefunden?

»Der Typ hat wirklich alle Ausgaben von Magic Max! Was für ein Nerd.« Dick schüttelte anerkennend den Kopf.

Julian und George verdrehten die Augen und widmeten sich weiter ihrer Suche. Sehr wichtig, das mit den Comics. Schon klar.

Anne trat derweil einen Schritt vom Eingang weg. Dieser muffige Geruch, der zur Tür herausdrang, war ja unerträglich.

Marty stand noch immer etwas abseits, die Hände tief in den Hosentaschen vergraben. Seine Beule schwoll immer weiter an und seine Stirn verfärbte sich langsam lila. Anne konnte immer noch nicht fassen, dass der Polizist ihm nicht glauben wollte, dass er niedergeschlagen worden war.

Plötzlich sagte Marty, ohne Anne dabei anzusehen: »Darf ich dich was fragen?«

»Klar«, erwiderte Anne fröhlich.

»W-Warum helft ihr mir?«, fragte Marty. Er konnte sein Misstrauen einfach nicht ablegen. Schließlich hatte ihm noch nie jemand geholfen!

»Weil…« Anne zuckte mit den Schultern und lächelte ihn an. »Weil es richtig ist.«

Und als Timmy das mit einem nachdrücklichen *Wuff* bestätigte, entspannten sich Martys Gesichtszüge.

Julian, Dick und George im stinkigen Wohnwagen begannen indes zu verzweifeln. In welche dreckige Ecke sie auch schauten, das Foto blieb unauffindbar!

Resigniert ließ George sich auf dem einzigen Stuhl nieder, auf dem tatsächlich kein Gerümpel lag. »Nichts. Vielleicht hat er das Foto ja bei sich in der Tasche oder so.«

»Magic Max würde ihn jetzt mit seinen Superkräften zu einem Geständnis zwingen«, sagte Dick mit Begeisterung in der Stimme.

Julian war inzwischen genervt von Dicks Magic Max-

Geschwafel. »Dein Magic Max ist aber leider nur 'ne Comic-Figur«, blaffte er.

In diesem Moment sprang George auf. »Dick, du bist genial!«

Dick grinste lässig. »Seh ich auch so.«

»Du kennst dich doch mit so Elektrokram aus, oder? Ich hab da eine Idee.« George zeigte auf einen kleinen gelben Kasten, der auf dem Tisch lag.

Dick griff danach. »Stimmenverzerrer Dschangis 320, uralt, aber super. Äh, wieso eigentlich?«

»Hört zu. Hier zwischen dem ganzen Krempel finden wir doch alles, was wir brauchen, um ...« Die drei steckten die Köpfe zusammen und George erklärte ihnen ihren Plan.

Schnell war eine Kamera verkabelt und auf einem der oberen Regalböden versteckt. Dick hatte außerdem zwei Computer-Lautsprecher angeschlossen, die er zwischen dem Gerümpel gefunden hatte. Diese stellten sie einfach irgendwo zwischen den ganzen Müll, sie fielen gar nicht auf.

Die Kabel führten sie durch das hintere Fenster des Wohnwagens bis zum Schuppen, der Weiler offensichtlich als Werkstatt diente. Hier gab es auch Strom. Im Schutz einiger Holzpaletten schlossen sie einen Monitor an. Davon standen hier etliche alte Modelle herum. Als Mikrofon diente ein alter schwarzer Telefonhörer.

Dick drückte auf den Powerknopf. Anne, George und Marty schauten ihm gespannt über die Schulter. Es funktionierte! Auf dem kleinen Bildschirm erschien ein Bild aus dem Innern des Wohnwagens.

Mittendrin Julian der angestrengt in die kleine Kamera spähte. »Check, Check, hallo-ho! Eins, zwei, drei, vier. Dick, hörst du mich? Könnt ihr mich sehen?«

»Check, Check. Wir sehen und hören dich, Julian, kannst du mich hören?«, sprach Dick in den Stimmenverzerrer.

Julian winkte in den kleinen Monitor. »Klar und deutlich, aber deine Stimme klingt, als müsstest du mal zum Hals-Nasen-Ohren-Arzt gehen!«, rief er lachend.

Dick gab Julian Anweisungen, wie dieser die Kamera drehen musste, damit sie einen möglichst guten Überblick bekamen. Dann hob Julian beide Daumen.

Anne hörte als Erste das stotternde Motorengeräusch. Und da kam auch schon der Pick-up die Einfahrt hinuntergebrettert.

»Mist! Julian! Weiler kommt zurück!«, rief sie in den Telefonhörer. »Du musst verschwinden!«

Im Nu war Julian an der Tür, doch noch bevor er den Wagen verlassen konnte, sah George über den Monitor Julians Jacke auf dem Stuhl liegen. »Julian! Deine Jacke!«

Julian drehte sich um, griff nach der Jacke.

Zu spät! Weiler hatte sein Auto bereits geparkt und war auf dem Weg zu seinem Wohnwagen. Fluchend kickte er einen Stein über den Schotter. »Verdammter Marty! Der kann was erleben!«

Bevor Julian die Tür öffnete, wurde er von George gewarnt. »Weiler kommt durch die Tür!«

Julian zuckte zurück. Was tun? Verzweifelt sah er sich um. Doch George erkannte im letzten Moment den Ausweg.

»Julian! Das Fenster!«

Mit einem Fuß sprang Julian auf das Bett und rollte sich dann mit einem halben Hechtsprung durch das Fenster hinaus. Keine Sekunde zu früh, denn im selben Moment öffnete Weiler die Tür!

Uff! Die Freunde atmeten auf. Das war verdammt knapp!

Während George, Dick, Anne und Marty auf dem Bildschirm beobachteten, wie Weiler sich ein Bier nahm und sich damit und mit seinem Lieblingscomic in einen Sessel fläzte, huschte Julian um den Wohnwagen herum, griff nach einem abgebrochenen Spatenstiel und klemmte diesen leise unter die Türklinke. *Der Bursche sitzt erst mal fest*, dachte er zufrieden.

»Sieht nicht so aus, als ob Weiler was gemerkt hätte«, stellte Marty fest.

Julian rannte hinüber zum Schuppen. »Phase eins, knapp aber erfolgreich abgeschlossen«, keuchte er. Allen fiel ein Stein vom Herzen.

»Astreines Bild!«, staunte Julian. »Und wie ist die Tonqualität?«

»Ziemlich gut, finde ich«, sagte Marty.

In diesem Moment hob Weiler sich ein winziges Stück von seinem Sessel und ließ einen gewaltigen Furz fahren.

»Jetzt riecht's wirklich wie in Dicks Zimmer«, kommentierte George die Szene.

Dick streckte ihr die Zunge raus. »Ha, ha, wirklich witzig.«

Genug herumgealbert, dachte Julian und gab das Kommando. »Okay, dann weiter mit Phase zwei!«

Julian, George und Marty schlichen geduckt hinaus und gingen am Wohnwagen in Position, Julian und George an der einen, Marty an der anderen Seite. Anne blieb bei Dick, der nun den Stimmenverzerrer aktivierte. Sie nickten sich zu. Einmal tief durchatmen, los ging es!

Den Monitor behielten sie fest im Blick. Weiler war perfekt im Bild. Dick hob den Telefonhörer an seinen Mund. »Du hast einen guten Geschmack, wenn es um Comics geht, Kurt Weiler.«

Es war lustig, Dicks verzerrte Stimme zu hören, und noch lustiger war Weilers Reaktion. Er zuckte zusammen, erhob sich aus dem Sessel, schaute sich erschrocken um.

»Setz dich hin!«, befahlt Dick. Seine Stimme klang gruselig, so als käme sie aus einem tiefen Höllenschlund. »Wir haben etwas zu besprechen.«

Weiler gehorchte aufs Wort. Wie geil war das denn? Anne schmunzelte in sich hinein. Das hatte dieser Hirni auch echt nicht anders verdient.

Weiler musste erst einmal einen Schluck aus seiner Bierflasche nehmen, um sich zu beruhigen.

Dick grinste und tauschte verschwörerische Blicke mit Anne. »Und stell das Bier weg!«

Weiler gehorchte. Jetzt war er vollends verwirrt. »Woher weißt du ... Äh, wer bist du?«, sagte er in den Raum.

»Na, komm schon, du weißt es doch«, antwortete Dick.

»Nä, weiß ich nicht«, maulte Weiler.

Anne verdrehte die Augen. So blöd konnte der doch gar nicht sein. Oder doch?

Dick gab ihm einen Tipp. »Vor dir.«

Jetzt dämmerte es Weiler. Er griff nach dem Comicheft, das auf dem Tisch lag. Erschrocken fuhr er auf. »Max? Magic Max? Das gibt's doch nicht.« Begeistert hob er die Fäuste und lachte, bis ihm klar wurde, in welcher Mission Magic Max immer unterwegs war. »Äh, und was willst du von mir?«, fragte er jetzt ängstlich. »Ich hab nichts verbrochen.«

»Bist du dir da sicher?«, kam prompt Dicks Reaktion.

Weiler tat vollkommen unschuldig. »Ganz sicher!«

»Und was ist mit Marty?«, hakte Dick nach.

»Marty?« Weiler überlegte einen Moment, wie er nun am besten reagieren sollte, und schluckte. »Ich kenne keinen Marty«, behauptete er dann.

Das war ein Fehler.

Anne gab Julian ein Zeichen, und sofort begannen er, George und Marty, an dem Wohnwagen zu ruckeln, dass es Weiler aus dem Sessel warf.

»Du lügst und Lügner werden bestraft«, drang es aus den Lautsprechern, während Weiler verzweifelt versuchte, irgendwo Halt zu finden. Er suchte seine Rettung in der Flucht, stürzte auf die Tür zu, aber er wurde von Dick zurückgepfiffen.

»Vergiss die Tür, die habe ich mit einem Kraftfeld verschlossen«, knurrte er, woraufhin Weiler auf die Knie ging und zugab: »Bitte ... ich ... ich kenne Marty!«

Anne gab den anderen ein Zeichen mit dem Ruckeln aufzuhören.

Dick hätte sich scheckig lachen können über Weiler, aber er musste sich konzentrieren.

»Ich … ich tu ihm nichts mehr«, stammelte Weiler weiter. »Aber bitte, lass mich in Ruhe!«

»Wenn du Marty noch einmal zu nahe kommst, bist du fällig«, drohte Dick. »Haben wir uns verstanden?«

»Ja. Nein. Äh, werd ich nicht. Versprochen. Ehrenwort. Wirklich nicht. Ganz bestimmt«, quasselte Weiler durcheinander, immer noch auf dem Boden kniend.

Dick ließ ihm ein paar Sekunden Zeit, um zur Ruhe zu kommen. Weiler wähnte sich schon in Sicherheit, als Dick fortfuhr: »Und nun zu dem Foto.«

Weiler stutzte. »Welches Foto?«

So einfach kommst du uns nicht davon, du Schmierlappen, dachte Dick und nickte Anne zu. Die gab den anderen ein Zeichen und schon wurde Weiler wieder ordentlich durchgeschüttelt.

»Das Foto mit den Koordinaten, das du gestern Nacht gestohlen hast«, klang Dicks verzerrte Stimme aus den Lautsprechern.

»Was? Nein!«, protestierte Weiler. »Ich hab nichts gestohlen.«

Jetzt wurde das Wackeln heftiger. Wie bei einem Erdbeben wurde er in seinem Wohnwagen hin und her geschleudert.

»Kurt Weiler, du lügst!«, rief Dick.

»Oh Gott! Nein!« Jetzt war Weiler wirklich in Panik. Trotzdem gelang es ihm, nach der Bierflasche zu greifen. Irgendwie schien die ihm Halt zu geben. »Max, äh … gestern Nacht, sagst du … Nein, das kann nicht sein, da war ich in Barny's Bar! Wirklich, ich schwör's, Magic Max.

Bitte!« Er hob beide Hände mit gespreizten Zeige- und Mittelfingern.

Dick notierte sich rasch den Namen der Bar. *Das* ließ sich ja leicht nachprüfen!

»Das werde ich überprüfen«, sagte Dick, als der Wohnwagen wieder stillstand. »Wenn ich aber herausfinde, dass du gelogen ...«

»Ich habe nicht gelogen!«, rief Weiler dazwischen.

»Unterbrich mich nicht!«, herrschte Dick ihn an. Diese Sache hier machte wirklich Spaß! Vor allem nach alldem, was Marty über Weilers Verhalten ihm gegenüber erzählt hatte ... Jetzt kriegte der ranzige Typ hier mal ordentlich sein Fett weg.

Weiler entschuldigte sich. »Verzeihung, kommt nicht wieder vor.«

»Wenn du gelogen hast, komme ich wieder«, versprach Magic Max. »Und dann wirst du nicht so glimpflich davonkommen.«

»Danke, ja, alles klar«, stammelte Weiler und prostete mit der Bierflasche in die Luft. Dabei warf er einen verwirrten Blick auf die lebensgroße Pappfigur von seinem Lieblings-Comic-Helden, die neben ihm stand. »Vielen Dank. Magic Max.«

So ein Vollpfosten, dachte Dick und schickte noch ein »Hasta la vista, Baby!« hinterher.

Mission beendet! Mit einem Knopfdruck schaltete Dick den Verzerrer aus. Nur der Monitor zeigte weiter Bilder aus dem Wohnwagen, wo Weiler immer noch nach Magic Max rief und jede Frage mit einem Schluck Bier runterspülte.

Anne kicherte. Weiler rief nach dem Comic-Helden tatsächlich mit *Herr Magic* und *Herr Max*.

Jetzt kamen Julian, George und Marty in den Verschlag gerannt und wollten wissen, ob alles geklappt hatte und was sie herausgefunden hatten.

Dick empfing Marty mit der guten Nachricht. »Weiler wird dich in Zukunft in Ruhe lassen.«

Dann an die anderen gewandt: »Für gestern Abend scheint er aber ein Alibi zu haben.«

Julian entdeckte den Zettel neben dem Monitor. »Barny's Bar. Ich check das mal vorsichtshalber.«

Kapitel 4

Alter Falter, kaut die denn immer Kaugummi? dachte Anne, als sie Melanie beobachtete, die hinter der Rezeption stand und ihre Ratte streichelte.

Julian stand vor dem altmodischen Telefon mit Wählscheibe und Brokat-Überzug, das auf dem Tresen stand, und telefonierte mit Barny's Bar.

»Dieser Barny hat Weilers Alibi tatsächlich bestätigt«, erklärte er, nachdem er aufgelegt hatte. »Er ist damit raus.«

Julian schlenderte zu den anderen hinüber, die in einer gemütlichen Sitzecke auf ihn warteten. Marty war inzwischen nach Hause gegangen.

»Um mit der Karte etwas anfangen zu können, muss der Dieb zu den Zwillingsbrüdern, soviel ist schon mal klar«, stellte Julian fest.

»Dann muss es so sein, dass einer der Tour-Teilnehmer unser Dieb ist«, schlussfolgerte Anne.

Melanie hatte natürlich alles mitgehört. »Was gibt's denn da noch so lange zu überlegen? Letzte Tour, danach«, – sie schnalzte – »Aus. Bum. Peng! Wer sich jetzt nicht auf die Liste schreibt …« – über die nun gerade die Ratte lief – »kann die Brücke nicht überqueren.«

»Das heißt also, dass sich niemand auf den Weg dorthin machen kann, ohne sich dieser Gruppe anzuschließen?«, hakte George nach.

Die Gruftie-Braut wurde langsam ungeduldig. »Richtig. Sprech ich Chinesisch oder was?« Plopp! Wieder zerplatzte eine Kaugummiblase.

Timmy kommentierte das mit einem kräftigen *Wuff.*

Die Kirrins blickten in die Runde. Da gab es leider vorher noch etwas abzuklären.

George nickte. Das war natürlich ihre Aufgabe. Sie schnappte sich den Flyer mit den Informationen über den Ausflug, zupfte ihr graues Hoodie zurecht und stieg die Treppe hinauf.

Tante Fanny konnte kaum aus den Augen gucken. Die Nase war total rot und die Haut rundherum ganz wund vom vielen Naseputzen. Dass sie immer noch Fieber hatte, war nicht zu übersehen. Eingesunken lag sie in den Kissen.

Schniefend studierte sie den Flyer, den George ihr eben in die Hand gedrückt hatte. »Ich wusste, ehrlich gesagt, gar nicht, dass ihr gerne wandert«, sagte sie und musste schon wieder niesen.

George wusste nicht so recht, was sie dazu sagen sollte, und verzog einfach nur das Gesicht.

»Drei Tage sagtest du?«, fragte ihre Mutter. Timmy stand neben ihrem Bett und hechelte.

»Genau«, antwortete George. »Mit Übernachtung in einer alten Burg. Bestimmt total spannend. Steht alles da drin.« Sie zeigte auf den Flyer. George faltete die Hände und federte in den Knien. »Bitte, bitte, bitte!«

Wie gut, dass sie Timmy mitgenommen hatte. Der streckte jetzt nämlich bittend eine Vorderpfote nach Georges Mutter aus und fiepte zum Herzerweichen. Das schien Tante Fanny zu überzeugen. Diesem Hundeblick konnte einfach keiner widerstehen!

»Na gut.« Tante Fanny ließ den Flyer auf die Bettdecke sinken. »Hier bei mir würdet ihr euch eh nur anstecken. Aber macht mir keinen Blödsinn!«

»Wir? Blödsinn? Niemals!«, versicherte George lachend und versuchte, ihre Euphorie ein bisschen zu zügeln.

Wenn ihre Mutter wüsste, was wirklich hinter diesem Ausflug steckte! Niemals würde sie ihnen erlauben, mitzugehen.

Als sie Tante Fanny in den Arm nehmen wollte, hob diese abwehrend die Hand. »Besser nicht.«

»Ach ja«, erwiderte George und trat schnell einen Schritt zurück. »Dann gute Besserung!«

Als sie mit federnden Schritten und grinsend die Treppe herunterkam, hob sie beide Daumen. »Alles klar, grünes Licht. Wer sagt Marty Bescheid?«

Der Treffpunkt war auf dem Spielplatz im Stadtpark. Sonnenschein und Vogelgezwitscher begrüßten die Freunde, die schon gespannt waren, welche Überraschungen sie auf der Tour zu den Zwillingsbrüdern erwarten mochten.

Beladen mit ihren vollgepackten Rucksäcken steuerten sie eine kleine Sitzgruppe an, von wo aus sie sich erst einmal in Ruhe einen Überblick verschaffen konnten, wer sich da mit ihnen auf die Wanderung begab. Und da waren sie alle wieder: genau die Leute, die die Kirrins schon bei der Präsentation des Dinoknochens im Heimatmuseum gesehen hatten.

Da war der Mann mit dem komischen Tropenhelm und den Khakiklamotten, der aussah, als wollte er eine Tour durch die Wüste antreten, und neben ihm die Frau, die mit ihrem Kopftuch wie eine Putzfrau beim Pausemachen anmutete. Die beiden stellten sich ihnen gut gelaunt als die Geschwister Walter und Christa Kleinhans vor. Professor Herzog und seine Frau Barbara – diesmal in robusten Schuhen – durften natürlich nicht fehlen. Und sehr zu ihrem Leidwesen entdeckte George auch den Haustierhasser von der Rezeption. Er schien ein echter Miesmuffel zu sein und kam gar nicht auf den Gedanken, sie zu begrüßen, doch von Christa Kleinhans hatten die Geschwister erfahren, dass der Typ Gottfried Meyer hieß.

Nur einen aus der Truppe kannten die Freunde noch nicht vom Sehen, einen jungen Mann südländischen Typs, der Anne total an Antonio Banderas erinnerte. Sie hoffte, dass keiner mitbekam, dass ihr Herz einen Takt schneller schlug. Dieser Antonio Banderas hieß jedoch Pedro Mendes und war sehr sympathisch.

Der Wanderführer für diese Tour war kein Geringerer als der obercoole Typ, der im Museum so hektisch mit den Armen gewedelt hatte – und das auch jetzt tat. Er hatte sich auch wieder sein Funktionstuch wie einen Pseudo-Turban um den Kopf gewickelt und trug dazu heute eine orangefarbene Outdoor-Jacke. Jetzt hob er beide Daumen in die Höhe und begrüßte sie mit einem aufgesetzten Lachen.

»Heeeyyy, liebe Natur- und Wanderfreunde, ich hoffe, ihr seid alle fit!«

George fand es albern, dass er die Arme ausbreitete, als wollte er sie alle an sich drücken. »Mein Name ist Harald Beck, doch meine Freunde nennen mich Becky.«

Jetzt piekte er mit den Fingern in die Luft, als wollte er Fliegen aufspießen. Konnte der denn gar nicht stillhalten?

»Wie ihr dem Prospekt entnehmen könnt, haben wir …«

»Ihr Prospekt ist doch uralt!«, fiel Gottfried Meyer ihm ins Wort. Er tippte auf den Flyer, als wollte er ein Loch hineinbohren. »Kein Wort davon, dass in der Steinernen Stadt ein Dinosaurierknochen gefunden wurde. Arbeiten in ihrer Marketing-Abteilung nur Trottel, oder wie erklären Sie das?«

Anne hielt die Luft an. In was für einem Ton redete der Knilch denn da?

»Also zu allererst nennen mich – wie schon kurz gesagt – alle meine Freunde Becky«, fuhr der Fremdenführer unbeirrt fort.

Aber Gottfried Meyer maulte weiter und schaute dabei in die Runde, als erwarte er von den Anwesenden Zustimmung. »Freunde? Also, Moment mal. Habe ich da jetzt irgendwas verpasst? Außerdem …«

Professor Herzog in seiner ruhigen und sachlichen Art versuchte, den Mann zu beruhigen, denn die Stimmung drohte zu kippen. »Vielleicht sollten wir Becky erst mal ausreden lassen.«

Aber Gottfried Meyer hatte sich gerade so schön in Rage geredet und blickte den Professor abschätzig an.

»Was? Wer sind Sie denn überhaupt? Ich sage Ihnen doch, dass …«

»Klappe!«, keifte da Christa Kleinhans wie ein Feldwebel. Sie stemmte die Fäuste in die Seiten und baute sich vor Störenfried Meyer auf. »Mein Bruder und ich, wir wollen hier ein paar schöne Tage verbringen. Und wenn Sie darauf keinen Bock haben, dann bleiben Sie gefälligst hier!«

Die Freunde grinsten sich schadenfroh an, während Gottfried Meyer immer kleiner zu werden schien. Timmy bellte Zustimmung.

Aber Christa Kleinhans – die zwar auch vom Wuchs recht klein war, in Julians Augen aber gerade eigentlich Großhans hätte heißen müssen – war noch nicht fertig mit ihrer Tirade. »Ansonsten hören Sie auf, hier so 'ne schlechte Stimmung zu verbreiten! Verstanden?«

Das hatte dem Miesepeter nun vollends die Sprache verschlagen. Ohne noch ein Wort zu sagen, setzte er sich seine Sonnenbrille auf und widmete sich übertrieben interessiert dem Prospekt.

»Gut, ja, also …«, nahm Becky den Faden wieder auf. »Viel mehr gibt's auch gar nicht zu sagen, außer: Ich freu mich.« Er schenkte allen ein breites Grinsen, das von Walter Kleinhans sofort mit dem Handy fotografisch festgehalten wurde. Becky strich sie die Haare glatt und lächelte in die Kamera. »Sie können gerne weiter mit dem Handy fotografieren, Handy-Empfang suchen Sie hier aber vergeblich. Wir haben nachher auf dem Schloss aber die Möglichkeit, mit der Funkanlage …«, er wedelte mit der rechten Hand, »Kontakt zur Außenwelt aufzunehmen.«

Becky machte eine Kunstpause. »Gibt's noch Fragen?«

Gottfried Meyer holte Luft, wurde von Christa Kleinhans aber sofort mit einem scharf gezischten »Vorsicht!« ausgebremst.

Becky lächelte zufrieden und griff nach dem Klemmbrett mit der Namensliste. »Ja, dann sag ich mal: Schwuppdiwuppdi, aufi geht's!«

Fröhlich stiefelten sie drauflos, Becky vorneweg, dann der Tross, manche laut plappernd, manche schweigend, einige schwelgend. Schon bald ging es steil in das Gelände und in der Ferne waren bereits die schroffen Felsen auszumachen. Je höher sie kamen, desto diesiger wurde das Wetter. Der Sonnenschein verabschiedete sich langsam, aber sicher.

Anne begann zu frösteln, sie war froh, noch eine Fleecejacke mitgenommen zu haben, und achtete genau darauf, wohin sie ihre Füße setzte, denn es war teilweise rutschig auf den Wegen.

Becky schickte einen Jodler auf die Reise, der von den Felsen in einem perfekten Echo zurückgeschickt wurde.

Die Freunde und Marty redeten nicht viel, denn sie hatten ja einen geheimen Auftrag, und dazu war es wichtig, die Teilnehmer der Tour genau unter die Lupe zu nehmen.

Schließlich hatten sie die legendäre Brücke erreicht, ein altehrwürdiges Bauwerk aus dunklem Granit. Hier erwartete sie ein älterer bärtiger Mann mit Ranger-Hut, ein Mitarbeiter des Naturparks. Er kontrollierte genau, wer die Brücke passierte, und strich jeden Teilnehmer auf der Liste ab.

Mit einem fröhlichen »Schwuppdiwuppdi, und los!« schickte er sie weiter.

Ob das hier so ein alberner Traditionsgruß ist?, fragte sich Dick.

»Aufi geht's!«, rief Becky und passierte als Erster die Brücke. Die anderen folgten im Gänsemarsch.

»Oh nein, eine Bloggerin«, flüsterte George Anne zu. »Das kann anstrengend werden.« Sie nickte unauffällig in Christas Richtung, die, kaum auf der anderen Seite der Brücke angekommen, stehen geblieben war, um mit Hilfe ihres Bruders ein kleines Handy-Video zu drehen.

»Hallo, liebe Fans, liebe Follower, ich bin's, eure Christa«, trällerte sie. »Zusammen mit meinem Bruder Walter, wie immer hinter der Kamera. Wir sind hier auf einer wunderbaren Wanderung, wir kommen jetzt gleich zu den großen Felsen, die heißen Zwillingsbrüder. Ich halte euch auf dem Laufenden, wo auch immer wir sind. Jetzt stelle ich euch aber erst mal meine Wanderfamilie vor.«

»Trotzdem ist sie nett«, flüsterte Anne zurück. »Und wie sie dem Gottfried vorhin ihre Meinung gesagt hat …« Anne hob den Daumen.

»Aber anstrengend«, beharrte George, denn nun nahm Christa Kurs auf ihre Mitwanderer. Einen nach dem anderen nahm sie vor die Linse.

Für Becky eine super Gelegenheit, den Poser zu spielen!

Marty und Pedro waren schon ein gutes Stück der Wanderung zusammen gelaufen. Sie schienen sich prima zu verstehen. Pedro versuchte, Marty ein paar Sätze auf Portugiesisch beizubringen, was Marty offensichtlich Spaß machte, denn Pedro lobte ihn ein ums andere Mal. Eine völlig neue Erfahrung für Marty. Zusammen winkten sie in die Kamera.

»Holla!«, rief Pedro.

Die quirlige Christa schaffte es sogar, dem Miesepeter Gottfried Meyer etwas abzuringen, das man mit viel Wohlwollen als Lächeln bezeichnen konnte, indem sie den untersetzten, vollschlanken Mann schmeichelnd als *fesches Mannsbild* vorstellte. Bei der Gelegenheit bekam Julian auch mit, dass der Kerl früher tatsächlich als Kommissar bei der Polizei gearbeitet hatte.

»Interessant«, flüsterte Julian vor sich hin.

So wie Dick nur ein paar Tage vorher trat auch Christa bei der Vorstellung von Professor Herzog und seiner Begleitung ordentlich ins Fettnäpfchen, indem sie Barbara zunächst als seine Tochter, dann als seine Schwester und erst im dritten Anlauf richtig als seine Ehefrau vorstellte. Dennoch winkten und lächelten beide brav in die Kamera.

Und dann kam, was kommen musste: Auch die fünf Freunde wurden Opfer der Bloggerin.

»Los, tun wir ihr den Gefallen«, forderte Julian die anderen auf. Ein kleines Gruppenfoto auf einem Felsvorsprung tat ja nicht weh. Und schließlich bemühte Christa sich, gute Laune zu verbreiten, was ihr auch ganz gut gelang. Da war es auch okay, dass sie die Fünf in ihrem kleinen Video als *ihre* Freunde vorstellte.

Walter und Christa wurden ihrem Ruf als Mr und Mrs Selfiestick in den nächsten Stunden absolut gerecht.

Langsam nervt es, dachte Julian, machte aber dennoch

gute Miene und winkte immer wieder mal in die Kamera. Dann beobachtete er, wie Christa Walter fotografierte, der gerade einen Baum umarmte. *Irgendwie putzig, wie albern sie sein können*, dachte er. Und das wiederum fand er toll.

Anne winkte ab, als die ersten Regentropfen fielen. Nein, sie hatte es nicht heraufbeschworen! Diesmal nicht!

»Tja, hier im Gebirge kann sich alle paar Minuten das Wetter ändern«, erklärte Becky unbeeindruckt. Alle kramten ihre Regensachen aus den Rucksäcken, und weiter ging es.

Dick hatte sich inzwischen an die Fersen von Professor Herzog und seiner Frau geheftet. Er wollte die Gelegenheit nicht ungenutzt verstreichen lassen, sich bei dieser berühmten Persönlichkeit beliebt zu machen, und fragte interessiert: »Haben Sie eigentlich Kinder?«

Dick bekam überhaupt nicht mit, dass er da offenbar einen wunden Punkt getroffen hatte und Barbara ihren Mann schräg, aber liebevoll anlächelte.

»Nein«, antwortete Carl Herzog. »Wir haben keine Kinder.«

Aber ich bin ja jetzt hier, dachte Dick und witterte seine Chance, beim Professor zu punkten. Tröstend legte er ihm die Hand auf die Schulter und lächelte ihn an.

Als sie auf ein kleines Hochplateau kamen, hatte der Regen bereits wieder aufgehört. Hier legten sie eine Rast ein. Doch bevor sie sich alle ein Plätzchen suchen und etwas essen konnten, forderte Becky sie zu ein paar albernen Fitnessübungen auf.

»Und pflücken, und pflücken, die Äpfel, die Birnen …«,

rief er, während er die Arme in die Höhe streckte. Danach war Hüft- und Schulterkreisen angesagt, denn Becky versprach, dass das ein super Mittel gegen Muskelkater sei. Den Freunden machte es Spaß und selbst Timmy machte mit. Nur Gottfried Meyer stand etwas abseits und machte vor seinem Gesicht den Scheibenwischer. Er hielt sie alle für plemplem.

Wirst schon sehen, wenn dir als Einzigem morgen die Muskeln wehtun, dachte George schadenfroh.

Die Freunde und Marty suchten sich dann ein Plätzchen etwas abseits der übrigen Gruppe, um ihre Beobachtungen und Einschätzungen auszutauschen. Sie genossen die Aussicht auf diese eindrucksvolle Landschaft mit den schroffen Felsen, die von tiefen Schluchten zerfurcht waren. Nebelschwaden hingen zwischen den Bäumen und verliehen der Gegend fast etwas Gruseliges.

Ein Stückchen weiter weg gab es eine Aussichtsplattform mit einem alten, kleinen Kuppelgebäude darauf. Dorthin hatte Harald Beck sich zurückgezogen und machte weiterhin irgendwelche Dehnungsübungen. War ja klar, dass er nicht still sitzen konnte.

George beobachtete ihn aus der Ferne. Sie packte ein Butterbrot aus, das sie aus dem Hotel mitgenommen hatte, und sagte: »Also, dieser Becky, ich weiß nicht. Zieht sein Programm durch und wirkt dabei irgendwie … oberflächlich.«

Sie biss in ihr Brot, als Becky gerade seinen Bauch einzog und mit der Hand darüberstrich. »Außerdem ist er eitel«, sprach sie mit vollem Mund weiter.

Anne seufzte. Sie zog sich ihre Fleecejacke enger um die Schultern. Dieser feuchte Nebel kroch ihr die Arme hoch. »Er ist eben ein Poser. Ein nervöser Poser.«

Julian lächelte amüsiert und nickte George zu, weil er wissen wollte, wie sie ihn einschätzte.

»Für mich: verdächtig«, erklärte George. »Und Gottfried?«

Julian schaute zu dem ehemaligen Polizisten hinüber, der sich tatsächlich zu Walter und Christa gesetzt hatte. Sie hatten wohl ihren Frieden miteinander geschlossen.

»Na ja, ihr habt ihn ja kennengelernt«, sagte Julian. »Nicht gerade ein Sympathieträger. War früher Polizist und schimpft ständig über alles und jeden.« Julian überlegte kurz und beobachtete, wie Gottfried wieder vor sich hin maulte. Irgendetwas passte ihm wohl wieder nicht.

»Ja, ich trau ihm schon zu, mit der Sache etwas zu tun zu haben«, stellte Julian fest.

Dick nickte und schob sich sein violettes Beanie aus der Stirn. Er war derselben Auffassung.

»Walter und Christa verhalten sich so unauffällig, dass es schon wieder auffällig ist«, fuhr nun Anne fort. »Finde ich. Und Erwachsene, die ständig Selfies im Internet posten … Also, für mich ist das verdächtig.«

Und zack! Da hatte Christa schon wieder eins geschossen und kommentierte das mit einem albernen Lachen.

Jetzt wandte George sich an Marty. »Und? Was hältst du von Pedro?«

Marty senkte den Blick, wie er das so oft tat, und zuckte mit den Schultern. »Ich w-weiß nicht. Er ist nett … Äh, ser una buena persona.« Jetzt hob er den Blick und strahlte die anderen an.

Pedro saß zusammen mit Timmy auf einem anderen Felsvorsprung und übte mit dem Hund ein paar Kunststücke, die er mit Wurststückchen belohnte. George ließ es geschehen, obwohl sie wusste, dass Timmy davon irre Durst bekommen würde. Aber Wasser gab es ja hier überall genug. Konnte jemand, der so ein großer Hundeliebhaber war, etwas mit einem Verbrechen zu tun haben? Eher nicht.

»Wie steht es mit den Herzogs?«, wollte George jetzt wissen.

Alle Blicke richteten sich auf Dick.

»Die Herzogs?«, fragte Dick ungläubig. »Ich bitte euch! Carl und Barbara haben mich eingeladen, sie in den nächsten Ferien zu besuchen.« Ein verträumtes Lächeln legte sich über sein Gesicht, als er zu den beiden hinübersah und ihnen zuwinkte. Sie winkten zurück. »Ich glaube, ich bin für die beiden so etwas wie der Sohn, den sie nie hatten.«

Julian hätte am liebsten laut losgeprustet, als er dabei den leicht genervten Gesichtsausdruck des Professors sah. »Ist klar, Dick, ist klar.«

»Und jetzt?«, wollte Marty wissen.

»Einer von ihnen muss der Täter sein und das Foto gestohlen haben«, stellte George noch einmal klar.

Anne machte ein verzweifeltes Gesicht. »Ja, aber wer? Wir können ja schlecht alle Taschen durchsuchen.«

Julian, Dick und George tauschten verschwörerische

Blicke aus und zwinkerten sich zu. George sprach den gemeinsamen Gedanken aus. »Okay, klingt nach 'nem Plan.«

Anne richtete sich auf. »Wie? Hab ich irgendetwas verpasst?«

Plötzlich klatsche Becky auf seiner Aussichtsplattform in die Hände und rief: »So, schwuppdiwuppdi, bevor der Nebel dichter wird! Aufi geht's!« Und schickte noch eine Art Tarzanschrei hinterher, den der Dunst aber diesmal schluckte. Kein Echo antwortete.

Obwohl sie ja gerade eine Pause gemacht hatten, wurden die Gespräche nun weniger und leiser, denn die Wanderer waren allmählich erschöpft und jeder konzentrierte sich nur auf den Takt seiner eigenen Schritte.

Doch zu ihrem Glück dauerte es nicht lange und Becky verkündete schon: »Schwuppi! Da simmer schon!« Er blieb stehen, um zu Atem zu kommen, und streckte dann die Arme nach vorn aus. »Die Zwillingsbrüder! Ich mag die.«

Voller Ehrfurcht näherte sich die Wandergruppe schweigend den eindrucksvollen Felsen. Selbst Becky war ausnahmsweise mal still und wich etwas zurück, um der Gruppe den Vortritt zu lassen. Die Schritte knisterten im Laub und ihre Blicke wanderten an den moosbewachsenen Felswänden hinauf in schwindelerregende Höhe.

Anne, die nahe bei Marty geblieben war, bemerkte seinen Gesichtsausdruck: in sich gekehrt, traurig. Er dachte wohl an seinen verstorbenen Vater und an das verschollene Foto, das genau hier aufgenommen worden war. Automatisch hob er die Hand zu der Beule an seiner Stirn, die inzwischen schon viel kleiner und blasser geworden war.

Anne berührte Marty leicht am Arm. »Keine Sorge, Marty, wir schaffen das schon. Versprochen.«

Marty lächelte sie an, dankbar für ihre Anteilnahme. Auch das war offenbar neu für ihn.

Plötzlich wurden sie alle durch einen Schrei aus der andächtigen Stille gerissen.

Becky lag ein paar Schritte entfernt am Boden und hielt sich mit vor Schmerz verzerrter Miene den Fuß.

»Was ist denn jetzt?«, fragte Gottfried Meyer ungehalten.

»Verdammt, ich bin umgeknickt«, jammerte Becky.

Gottfried Meyer schüttelte verständnislos den Kopf. »Wie kann denn so was passieren, bitteschön.«

Christa versuchte, Becky den Schuh auszuziehen, der jedoch schrie so laut vor Schmerzen, dass sie davon lieber abließ.

»Ich kann nicht mehr laufen, ich kann nicht mehr laufen«, stöhnte Becky theatralisch.

Zum Glück erbarmten sich Gottfried Meyer und Walter Kleinhans. Unter den sorgenvollen Blicken der anderen Teilnehmer hoben sie den Wanderführer auf den gesunden Fuß. Mit je einem Arm über den Schultern der beiden Männer konnte Becky einigermaßen stehen.

»Vamos«, sagte Pedro und zog den Mund schief. Es nutzte nichts, sie mussten irgendwie weiter.

Zum Glück hatten sie nun keinen weiten Weg mehr zurückzulegen.

»Da übern Berg noch, da ist die Burg«, stöhnte Becky.

Und dann lag es vor ihnen: Schloss Marberg.

Die solide Burg mit dem auffälligen Turm ragte hoch hinauf in einen Himmel, der nun – wie auf Bestellung – in einem kitschigen Blau erstrahlte. Dunst und Nebel hatten sie komplett hinter sich in Wald und Felsen zurückgelassen.

Nur noch durch das Tor in den Innenhof, dann hatten sie es geschafft.

Kapitel 5

Gleich beim Durchqueren des Torhauses erkannten die Freunde: Diese Burg hatte schon bessere Zeiten erlebt. An allen Ecken und Enden sah man, dass sie stark sanierungsbedürftig, ja teilweise baufällig war.

Noch mehr staunten sie jedoch über den Mann, der zur Tür herauskam, kaum dass Walter und Gottfried Becky auf einer Bank abgesetzt hatten. Auf dem obersten Treppenabsatz blieb der Mann stehen und stemmte die Hände in die Seiten.

»Kneif mich mal!«, forderte Anne Julian flüsternd auf. »Ich hab gerade eine Erscheinung oder so was.«

Der Mann, der sie jetzt mit einem lauten »Herzlich willkommen auf der Burg Schloss Marberg!« begrüßte, sah genauso aus wie Becky, nur dass er Bundhosen, eine gestrickte Trachtenjacke und Sandalen trug. Und er hatte einen Schnurrbart.

Doch Becky löste das Rätsel sofort auf. »Darf ich vorstellen? Hans Beck, mein reizender Zwillingsbruder.« Unter großer Anstrengung hievte Becky sich den Rucksack vom Rücken und stöhnte dabei »Schwuppdiwuppdi«.

»Wobei ich eindeutig der besser aussehende und intelligentere bin«, stellte Beckys Bruder gleich klar und kam zu ihnen in den Hof.

George und Julian schauten sich an und verdrehten die Augen. *Ja, ist klar*, dachten sie.

Hans Beck baute sich neben seinem Bruder auf. »Was ist mit deinem Fuß?«

Becky, der sich inzwischen aus dem Schuh gequält hatte, legte den Fuß auf ein Bänkchen und lehnte sich zurück. »Die letzte Tour der Saison und dann so was.« Er seufzte. »Aber vielleicht geht's ja morgen wieder«, sagte er an seinen Bruder gewandt.

»Ja hoffentlich«, antwortete der. »Wir haben ja noch was vor.«

Bei diesen Worten wurden Dick und Julian hellhörig. *Was* hatten die vor?

»Wenn Sie mir dann folgen würden«, forderte Hans Beck die Gruppe auf.

»Ja, geht schon mal vor«, sagte Becky und wischte sich theatralisch über die Stirn. »Ich muss mich noch mal kurz ausruhen.«

Sein Bruder gab ihm einen Klaps auf den Hinterkopf. »Simulant«, schimpfte er und schulterte Beckys Rucksack. »Den nehm ich schon mal mit.«

Anne war enttäuscht. Während Dick nur Augen für die Architektur dieses altehrwürdigen Gebäudes hatte, stieg sie naserümpfend mit den anderen hinter Hans Beck die Wendeltreppe hinauf. Sie hatte sich so auf ein schönes Schloss gefreut, in dem sie sich wie ein Burgfräulein fühlen konnte. Und jetzt? Überall bröckelte der Putz von den feuchten Wänden und es roch nach Muff.

»Wie Sie sehen können, hat diese Burg ihre besten Zeiten schon hinter sich«, erklärte Hans Beck, der in dem alten Gemäuer wohl als eine Art Hausmeister fungierte. Er klopfte gegen einen alten Holzbalken. »Wer aber Ruhe und Abgeschiedenheit sucht, ist hier goldrichtig.«

Müde stieg der Tross Stufe um Stufe weiter empor.

»Die Treppe hier führt hinauf in den Turm. Ein gewisser Graf Constantin wurde dort oben dreißig Jahre gefangen gehalten. Aber … muss ich jetzt nicht erzählen. So, für uns geht's da lang.« Er deutete auf eine Tür.

Auch das noch, dachte Anne. Bestimmt spukt dieser Graf hier immer noch herum!

Den anderen aus der Wandergruppe stand die Begeisterung ebenfalls nicht unbedingt ins Gesicht geschrieben. Aber sie waren einfach nur froh, angekommen zu sein, denn alle waren sie erschöpft.

»Köpfchen«, warnte der kauzige Mann, als sie durch eine niedrige Tür traten, und »Füßchen«, als sie über den ausgestopften Kopf eines Bärenfells steigen mussten.

Timmy knurrte das tote Tier an.

Sie kamen in einen Flur, von dem aus mehrere schwere Türen aus dunkler Eiche sowie eine kleine Treppe abgingen. Der Holzboden knarrte.

»Da oben ist der Schlafraum für die Damen«, sagte Hans Beck und zeigte die Stiege hinauf. »Und hier für die Herren.« Er öffnete eine Tür.

Doch als die Freunde gerade an ihm vorbeigehen wollten, hielt er sie zurück. »Hunde gehören nicht ins Haus, der da muss in der Scheune schlafen.«

Mit einem zufriedenen Grinsen auf den Lippen klatschte Gottfried Meyer Beifall. Als Einziger.

»Was?« George mochte nicht glauben, was sie da gerade gehört hatte. Das sollte wohl ein Scherz sein!

»Ich lasse auf keinen Fall meinen Hund alleine«, stellte sie klar. Timmy bellte.

Hans Beck schnaubte, und für einen Moment hatten die Freunde die Hoffnung, er würde es sich anders überlagen, doch das war nicht der Fall.

Bald darauf fanden sie sich alle fünf zusammen mit Marty in jener besagten Scheune wieder, wo sie sich daran machten, zwischen alten, verstaubten Möbeln, kaputten Arbeitsgeräten und allerlei Unrat ihr Nachtlager aufzuschlagen.

George war froh, hier nicht allein mit Timmy nächtigen zu müssen. »Danke, dass ihr mir Gesellschaft leistet und auch hier schlaft.«

»Ist doch klar«, versicherte Julian. »Ist außerdem um einiges lässiger hier als in den Schlafräumen.«

Und dreckiger, fügte Anne in Gedanken hinzu. Aber es war auch für sie klar, dass sie sich solidarisch zeigte.

Dick kümmerte sich nun um die Vorbereitungen ihrer Ermittlungsarbeit. Er checkte die Walkie-Talkies, die sie mitgenommen hatten, schaltete beide ein, gab eines Anne und sagte »Check, Check« in das Mikro des anderen. »Okay, alles klar«, stellte er fest, als seine Stimme aus Annes Walkie-Talkie drang.

»Ihr wisst Bescheid?«, wandte George sich an Marty und Anne, was diese mit einem Nicken bestätigten. Auch Timmy bellte. Er war schließlich auch einer der Ermittler!

Julian klatschte in die Hände. »Na, dann mal los!«

Leise wie die Mäuschen schlichen sich die Freunde und Marty zum Scheunentor, das einen Spalt breit offen stand und den Blick auf den Innenhof freigab.

Dort hatte man inzwischen ein Lagerfeuer entfacht, über dem ein Kessel mit Eintopf hing, aus dem sich die Wanderfreunde bedienten. Gerade kam Barbara Herzog dazu und schmiegte sich eng an ihren Mann. Die anderen, Walter und Christa, Gottfried und Pedro saßen bereits rund um das Feuer. Auch Becky hatte sich mit bandagiertem Knöchel ans Feuer geschleppt. Die Flammen tauchten ihre Gesichter in orangefarbenes Licht.

»Ah, que noche«, seufzte Pedro und lehnte sich genüsslich zurück. »Ich habe eine Löwenhunger«, fügte er in gebrochenem Deutsch hinzu.

»Bärenhunger«, korrigierte Gottfried Meyer wie aus der Pistole geschossen und fügte dann leise hinzu: »Trottel.«

Jetzt lösten sich Anne, Marty und Timmy aus dem Dunkel und schlenderten zu den Strohballen, die als Sitzgelegenheiten dienten.

»Hey, da seid ihr ja!«, rief Becky in seiner überkandidelten Art und erhob sich, wobei er wieder mit den Armen ruderte, als gäbe es dafür Geld. »Oh, nur zu zweit?«

Timmy bellte.

»Sorry, zu dritt, zu dritt«, korrigierte Becky seinen Fehler. »Hier ist noch ein Plätzchen.«

Und während alle Aufmerksamkeit auf Anne und Marty gerichtet war, schlichen die anderen drei an der Hauswand entlang zum Eingang der Burg.

»Wo sind denn die anderen?«, erkundigte sich Becky, ganz fürsorglicher Reiseleiter.

Bevor Anne sich irgendeine Notlüge ausdenken konnte, meldete sich Marty zu Wort.

»D-Die sind in der Burg und durchsuchen eure Rucksäcke«, antwortete er mit einem schelmischen Lächeln im Gesicht.

Anne schluckte.

Es herrschte betretenes Schweigen. Alle hielten mit dem Essen kurz inne. Nur das Knistern des Feuers war zu hören.

Bis Christa laut losprustete. »Du bist mir ja ein Scherzkeks!«

Erleichtert stimme Anne in das Lachen mit ein. »Ja, das ist er wirklich.«

Und dann ging es herum wie ein Lauffeuer, das ausgelassene Lachen. Einer nach dem anderen wurde davon angesteckt.

Bis auf Gottfried Meyer. »Sehr witzig«, kommentierte er und schob sich einen Löffel voll Eintopf in den Mund.

Anne war einfach nur froh, dass keiner mehr fragte, wo die drei anderen denn nun wirklich steckten.

Die schlichen, stolperten und strauchelten derweil im Dunkeln durch das Schloss auf dem Weg zu den Schlafräumen, denn sie wagten es noch nicht, die Taschenlampen anzumachen. Sie kamen sich vor wie in einem Labyrinth!

Plötzlich war lauter Gesang zu hören, der immer näher kam. Hans Beck war unterwegs!

In letzter Sekunde konnten sie sich hinter einem Mauervorsprung verstecken und hielten die Luft an.

Beckys Bruder balancierte ein Tablett voll mit frischem Obst, das er offensichtlich seinen Gästen servieren wollte.

Füßchen, dachte George, als sie sah, dass Hans Beck geradewegs auf das Bärenfell zusteuerte.

Zu spät, im nächsten Moment schlug er schon auf den Boden und das Obst verteilte sich im halben Raum.

»Verdammter Mist, verdammter!«, fluchte er und begann, das Obst wieder einzusammeln. Dabei wischte er es nachlässig an seiner wollenen Strickjacke ab. »Na ja, ich muss es ja nicht essen«, grummelte er vor sich hin.

Dann setzte er singend seinen Weg fort.

Eine Weintraube war Dick vor die Füße gerollt. Er hob sie auf und steckte sie in den Mund. »Lecker.«

George und Julian sahen sich angewidert an.

»Was?«, fragte Dick verständnislos. »So'n bisschen Dreck ist gut für das Immunsystem!«

Sie hatten beschlossen, im Schlafraum der Frauen anzufangen. Hier gab es ja nur zwei Rücksäcke zu checken.

Vorsichtig drückte Julian die Klinke und spähte hinein. »Okay, die Luft ist rein.«

George machte sich sofort daran, Barbara Herzogs Gepäck unter die Lupe zu nehmen. Dabei fiel ihr gleich etwas Interessantes in die Hände. Ein Ausweis.

»Seht mal«, flüsterte George. »Die Herzog arbeitet für so eine Firma, die Medikamente herstellt.«

Dick linste ihr über die Schulter. »Pharmazeutin mit Doktortitel. Schön und schlau.« Er stellte sich in Pose. »Genau wie ich.«

George streckte ihm die Zunge raus. »Aber das Foto ist hier auf jeden Fall nicht«, stellte sie fest.

Julian, der auf der anderen Seite des Raumes Christas Rucksack durchwühlt hatte, schüttelte den Kopf. Negativ.

»Okay, dann zu den Männern«, zischte Dick.

Hans Beck war inzwischen zu der gemütlichen Runde am Lagerfeuer gestoßen und reichte das Obsttablett herum. »Greift zu, ist feinstes Bio-Obst.«

»Bio ...«, raunte Gottfried. »Ich wette, die haben das Obst nicht mal gewaschen.«

Hans ließ sich in einem Sessel nieder. »Becky und ich haben uns besprochen. Wenn der Fuß morgen Abend immer noch nicht besser ist, übernehm ich die Führung ins Schillertal«, kündigte er an. »Der Tag selbst steht ja sowieso zur freien Verfügung. Schon jemand Pläne?«

»Ja«, antwortete Professor Herzog, indem er seiner Frau ein liebevolles Lächeln schenkte. »Barbara und ich würden uns gerne ganz früh auf den Weg machen, um den Sonnenaufgang an der Gazmann-Schlucht zu erleben.«

Hans Beck zeigte mit einem riesigen geschwungenen Erntemesser, mit dem er einen kleinen Apfel schälte, auf Marty und Anne. »Und ihr so?«

Marty setzte zu einer Antwort an, aber diesmal wusste Anne ihm zuvorzukommen. »Wir ... äh ... also, wir haben noch gar nicht darüber gesprochen. Also, mal sehen.«

Und dann passierte etwas Wunderbares.

Wie sie so schön romantisch am Lagerfeuer saßen, streckten Christa und Gottfried gleichzeitig die Hand nach dem Obsttablett aus und griffen nach den knackig roten Kirschen.

Anne beobachtete amüsiert, wie sich ihre Hände berührten. Doch keineswegs zogen sie sie sofort zurück, im Gegenteil! Christa schmachtete Gottfried zärtlich an, was ihn schlagartig verlegen machte.

Etwas verschämt ließen sie die Früchte zwischen ihren Lippen verschwinden.

Christa stieß Gottfried sanft an und lehnte für einen kurzen Moment den Kopf an seine Schulter. »Hm? Siehst du, Gottfried, es ist doch ein wunderbarer Ausflug. Du musst nicht immer so miesepetrig sein.«

Gottfried rang sich ein Lächeln ab. Diese Situation brachte ihn jetzt offenbar komplett aus dem Konzept. Anne hätte laut losprusten mögen, als sie sah, wie Gottfried verstohlen an seiner Achsel roch, jetzt, wo Christa so nah an ihn herangerückt war.

Der Geruchstest brachte offenbar ein vernichtendes Ergebnis, denn Gottfried stand augenblicklich auf und sagte, nein trällerte: »Bin gleich wieder da!«

Aber das fand Anne jetzt überhaupt nicht witzig. Wenn Gottfried Meyer sich frisch machen wollte, bedeutete das … Hastig versuchte sie, das Walkie-Talkie aus der Tasche zu fischen. Doch es flutschte ihr durch die Finger, als sei es mit Schmierseife eingerieben, so aufgeregt war sie. Es knallte auf den Boden und die Batterien fielen heraus.

Anne geriet in Panik. Sie mussten doch die anderen warnen, dass Gottfried auf dem Weg war!

»Oh, ein Walkie-Talkie!«, rief Walter, der direkt neben Anne saß. Er hatte das Teil schon vom Boden gepflückt, noch ehe Anne reagieren konnte. »Christa, schau mal!«

Anne wollte es ihm aus der Hand reißen, aber Walter blieb hartnäckig. Hektisch fummelte er daran herum. »Ach, gib mal die Batterien.«

Verzweifelt warf Anne Marty einen Blick zu. Was sollten sie tun?

Walter versuchte verschiedene Knöpfe, doch das Gerät gab keinen Mucks von sich. »Da hab ich wohl die Batterien falsch herum reingesteckt …«

Jetzt fackelte Marty nicht mehr lange. Zack, hatte er Walter das Walkie-Talkie weggeschnappt. »Ich m-mach das schon.«

Marty behielt die Ruhe. Er nahm die Batterien heraus, um sie korrekt wieder hineinzustecken. Anne fiel ein Stein vom Herzen, als die blaue Kontrolllampe durch die Nacht schien. Hoffentlich waren sie noch früh genug dran!

Marty tat so, als spiele er nur ein bisschen mit dem Gerät herum. Er konnte ja schlecht hineinrufen, dass sie mit dem Rucksäcke-Durchwühlen mal Pause machen müssten, weil Gefahr im Verzug war!

»Marty für Dick«, flüsterte er. »Hallo?«

Becky taxierte ihn abschätzig, als wollte er sagen: Was für ein Kindskopf!

Anne hielt die Luft an. Jetzt konnten sie nur noch warten und hoffen.

Dick hatte sein Walkie-Talkie auf das Bett vom Professor gelegt, dessen Rucksack er gerade durchwühlte. Als er es knacken hörte, suchte er es hektisch unter den Kleidungsstücken hervor, die er achtlos darübergepfeffert hatte. Erwartungsvoll hielten Julian und George, die die anderen beiden Rucksäcke unter die Lupe nahmen, in ihrem Tun inne. Aber außer diesem Knacken und einiger unvollständiger Wortfetzen kam nichts aus dem kleinen Lautsprecher. Dann war das Gerät auch schon wieder verstummt. Kopfschüttelnd warf Dick das Teil wieder auf das Bett. Also weitersuchen.

Doch da waren plötzlich Schritte zu hören, der Holzboden knarrte! Es musste jemand unmittelbar vor der Tür stehen! Und da bewegte sich auch schon die Klinke! Sie saßen in der Falle!

Die Tür war schon einen kleinen Spaltbreit geöffnet worden, als George, Dick und Julian mit einem schnellen Griff die Klamotten in die Rucksäcke zurückstopften und sich mit einem Hechtsprung unter die Betten retteten.

Sie wagten kaum zu atmen. Warum kam jetzt niemand herein? In diesem Moment hörten sie vor der Tür einen langen und lauten Furz.

Einen Furz, der sie gerettet hatte.

Mit einer stinkenden Wolke kam nun jemand in den Raum geweht. Wer war das?

»Liebe Christa, das ist mein Reich«, hörten sie ihn sagen. Gottfried Meyer.

»Ja, aber ein bisschen dunkel, nicht?«, erwiderte eine helle Frauenstimme. War Christa bei ihm? Hatte er etwa in ihrer Anwesenheit gefurzt?

Mitnichten! Gottfried antwortete sich selbst mit verstellter Stimme! Wie bizarr war das denn bitteschön?

»Ich mache Licht.« Meyer drückte auf den Lichtschalter.

»Oh, richtig gemütlich«, erwiderte die Gottfried-Christa.

Jetzt bloß nicht bewegen, dachte George und schloss die Augen.

»Moment, hier stimmt was nicht«, sagte Meyer in diesem Moment mit misstrauischer Stimme und begann zwischen den Betten auf und ab zu schleichen.

Dick warf seinem Bruder, der unter dem Bett neben ihm lag, einen verzweifelten Blick zu. Hatte der Typ etwa was gewittert?

Erleichtert atmete Dick aus, als ihm klar wurde, dass das alles nur zu Meyers Komödie gehörte. Er spielte den Helden!

Einen furzenden Helden. Schon war wieder das unverkennbare Geräusch zu hören, diesmal noch lauter und länger als eben.

Grundgütiger, dachte Julian. Er stellte von Nasen- auf Mundatmung um, um den Niesreiz zu unterdrücken.

Doch jetzt kam Gottfried Meyer erst so richtig in Fahrt. Von ihrem Versteck aus konnte George sehen, wie er eine imaginäre Pistole aus seinem Hosenbund zog. »Pst, ich hab was gehört«, zischte er.

»Und es riecht auch ganz komisch«, antwortete er sich selbst mit hoher Stimme.

Held Meyer stürmte mit gezückter Fantasie-Pistole von rechts nach links und wieder zurück und schaute in jede Ecke.

Bitte nicht unters Bett gucken!, flehte Dick innerlich.

Nein, der ehemalige Polizist guckte nicht unter die Betten, aber er wollte zeigen, wie sportlich er noch immer war, und machte eine Rolle ausgerechnet über das Bett, unter dem Julian lag. Die Matratze gab gefährlich nach! Sie sank bis dicht über Julians Nase. Kein Blatt Papier hätte mehr dazwischengepasst. Und jetzt fiel Gottfried auf der anderen Seite auch noch herunter! Ein Blick nach rechts und er würde Julian entdecken.

Doch Julian hatte Glück. Meyer war ganz in seinem Rollenspiel gefangen und rappelte sich mit einem »Keine Sorge, Christa, alles im grünen Bereich« wieder auf.

Endlich hatte der Spuk ein Ende. Gottfried ging zu seinem Bett, nahm ein frisches T-Shirt aus seinem Rucksack und tauschte es gegen sein altes, verschwitztes.

Was dann kam, war ein erneuter Härtetest. Eau de Cologne! Und zwar nicht zu knapp! Langsam sank die Sprühnebelwolke zu Boden. Dick verschlug es den Atem.

Endlich, nach einer gefühlten Ewigkeit, sagte Meyer: »So, liebe Christa, komm«, und führte die unsichtbare Frau wie ein Gentleman am Arm aus dem Raum.

Kaum war die Tür hinter ihm ins Schloss gefallen, kamen die Kirrins unter den Betten hervor und rangen nach Luft. Julian hätte am liebsten sofort das Fenster aufgerissen, um den parfümierten Furzgestank hinauszulassen, aber das wagte er nicht.

»Was war denn das?«, fragte Dick entsetzt.

»Der Typ scheint nicht mehr alle Tassen im Schrank zu haben!« George machte vor ihrem Gesicht den Scheibenwischer.

»Und er scheint auf Christa abzufahren«, spottete Julian.

Sie knipsten die Nachttischlämpchen an und suchten tapfer weiter.

»Ich glaub's nicht, die Karte!«, rief Julian plötzlich. Er hatte sie in der Außentasche eines Rucksacks gefunden, des Rucksacks mit dem Namensschild *Harald Beck*.

Dick stutzte. »Becky?« Doch schon setzten sich die Puzzleteile zusammen. »Klar, der Kerl und sein Zwillingsbruder kamen mir schon die ganze Zeit verdächtig vor.«

George nickte zustimmend. »Und das mit dem verstauchten Fuß ist nur ein Trick!«

»Damit er sich morgen in aller Ruhe davonschleichen kann, um das Tal zu suchen«, ergänzte Julian. Er hatte die Karte auseinandergefaltet und hielt sie nun so, dass Dick sie mit seinem Smartphone fotografieren konnte.

Dick grinste breit, als er einen Stift zückte und vor eine der Koordinaten eine *2* malte. »Ha, dann können die zwei Idioten sich morgen dumm und dämlich suchen.«

Julian faltete das Papier wieder zusammen und schob es zurück in den Rucksack. Er hob die Hand, die anderen schlugen ein.

Mission erfüllt!

Auch Marty und Anne atmeten erleichtert auf, als sie Gottfried Meyer die Freitreppe herunterkommen sahen. Offensichtlich hatte er die anderen nicht erwischt.

Gottfried Meyer schien in der kurzen Abwesenheit um ein paar Zentimeter gewachsen zu sein und hatte einen selbstsicheren Gesichtsausdruck bekommen. *Er sieht ja richtig glücklich aus*, dachte Anne. Obwohl sie ihn immer noch doof fand.

»Gottfried, da bist du ja!« Auch Christa sah erleichtert aus. »Ich dachte schon, ich hätte dich irgendwie verschreckt.«

Meyer setzte einen gönnerhaften Blick auf. »Ach, aber nein, es ist alles in Ordnung.«

Oha, dachte Anne. So weit sind wir also schon. Christa schmiegte sich nämlich an Gottfrieds Arm – und schnupperte heimlich. Der Ex-Kommissar ließ es nur zu gerne geschehen.

Später saßen sie gemütlich in der Scheune, die Kirrins und natürlich Marty. Timmy hatte sich an ihn gekuschelt, er mochte den jungen Mann wirklich. Die Scheune war nur schwach beleuchtet, in der Ecke hing eine einzelne Glühbirne, die diffuses Licht auf den Boden warf.

Marty schaute auf das hell erleuchtete Display von Dicks Handy.

»Das Foto mit der Karte mussten wir dalassen, damit Becky keinen Verdacht schöpft«, erklärte Dick.

Marty gab ihm das Smartphone zurück. Er sah zufrieden aus. »Gut gemacht.«

Gedankenverloren kraulte Marty Timmy den Kopf. Der Hund brummte wohlig.

»Timmy scheint dich richtig zu mögen«, sagte George.

»Ich mag Timmy auch.« Marty lächelte bitter. Für einen Moment schien er ganz weit weg zu sein. Dann sprach er weiter. Eine große Wehmut lag in seiner Stimme. »Ich hatte auch mal einen Hund. Cookie. Der wurde mir aber weggenommen. W-Weil ich mich nicht um ihn kümmern könnte, haben sie gesagt.«

Da war sie wieder, diese Bewegung, die die Freunde schon mehrfach an Marty bemerkt hatten. Er hob die Hand zum Herz und klopfte sich zwei Mal sachte mit den Fingern auf die Brust.

Dick verstand überhaupt nicht, was Marty da erzählte. Er schwang leicht auf seiner Hängematte vor und zurück. »Was ist'n das für ein Unsinn? Warum solltest du denn nicht auf einen Hund aufpassen können?«

George hatte eine ganz andere Frage: »Marty, was bedeutet das eigentlich?« Sie klopfte sich zwei Mal mit der Hand aufs Herz.

Marty verzog den Mund. »D-Dass alles gut wird. Und es beruhigt mich.« Er zuckte mit den Schultern. »Mein P-Papa hat immer gesagt, ich soll nicht darauf hören, was andere Leute sagen«, fuhr er nach einem kurzen Moment fort. »Worte tun weh. Schau lieber in die Herzen.« Bei dem Gedanken an seinen Vater legte sich eine große Traurigkeit auf Martys Gesicht. »Das Herz lügt nicht. Es hat seine eigene Sprache.«

Sie sprachen leise miteinander, Marty und die Freunde, denn dies war ein bedeutsamer Moment, das wussten sie. Noch nie hatte Marty andere so tief in sein Innerstes schauen lassen und noch nie hatten andere so viel Anteilnahme an seinem Leben gezeigt.

»Dein Vater, warum hat er, als er das Dinosaurierskelett

gefunden hat … also, warum hat er das nicht bekannt gemacht?«, wollte Julian wissen.

»I-Ich war so alt wie ihr, als Papa eines Tages ganz aufgeregt nach Hause kam und überall erzählte, dass er ein Dinosaurierskelett gefunden hat.« Marty schnaufte verächtlich. »Doch es waren nur die Knochen einer toten Kuh und die Leute haben ihn deshalb ausgelacht.«

Für einen Moment herrschte betretenes Schweigen. Das war natürlich eine üble Geschichte, und den Freunden war klar, wie schnell man einen schlechten Ruf weghatte und als Dummkopf abgestempelt wurde. Da fügte sich eins zum anderen.

Marty rang um Fassung, als er weitersprach. »D-Das hat ihn verändert. Er w-wollte den Leuten zeigen, dass er kein Spinner ist. Eines Tages hat er mir dann einen echten Dinosaurierknochen mitgebracht.«

»Den Knochen, den Weiler dir gestohlen hat«, schlussfolgerte George.

Marty nickte. »Ja, und er hat gesagt, dass er den Rest auch ausgraben wird. Dann w-würden die Leute ihm endlich glauben und ich könnte stolz auf ihn sein.«

Dick schluckte. Er traute sich kaum zu fragen. »Und … Was ist dann passiert?«

Gebannt lauschten die Freunde Martys Worten, die nur zögernd über seine Lippen kamen. »Er ist gestorben. Er hat mir nie gesagt, wo er den Knochen gefunden hat.«

»… und stattdessen die Koordinaten auf das Papier geschrieben, das er hinten auf das Foto geklebt hat«, erinnerte Anne.

Einen Moment lang hing jeder schweigend seinen Gedanken nach.

Wie schlimm muss das sein, so früh den Vater zu verlieren und ganz allein auf der Welt zu sein, dachte Anne. Und dann hatten sie Marty auch noch den Hund weggenommen. Was für eine Gemeinheit!

»Morgen finden wir das Dinosaurierskelett«, sagte Julian zuversichtlich.

George setzte sich auf. »Ja, und zeigen allen, dass dein Vater recht hatte!«

»Und du stolz auf ihn sein kannst«, ergänzte Dick.

Jetzt konnte Marty wieder ein bisschen lächeln. Es tat ihm offensichtlich gut, die Freunde an seiner Seite zu wissen.

»Dein Vater wäre bestimmt auch sehr stolz auf dich«, war Anne sich sicher.

Julian lachte von einem Ohr zum anderen. »Wir sind es auf jeden Fall. Stolz, meine ich!«

»Lasst uns jetzt schlafen«, schlug George vor.

Dick nickte. »Ja, morgen wird's anstrengend.«

Für George war es absolut in Ordnung, dass Timmy sich nicht zu ihr kuschelte, sondern sich ganz eng an Marty schmiegte. Marty brauchte Timmys Zuneigung jetzt mehr als sie.

Bestimmt denkt Marty gerade an Cookie, dachte George und fand, dass ihr Hund einen guten Job machte.

Kapitel 6

Julian und Dick hatten die Weckfunktion ihrer Smartphones aktiviert. Pünktlich um fünf Uhr holte sie ein leises Klingeln aus ihrem unruhigen Schlaf. Bequem gelegen hatten sie nicht! Aber es half nichts – sie hatten einen langen Tag vor sich.

Sie hatten Glück, denn die Wandergesellschaft hatte einiges an Obst an der Feuerstelle zurückgelassen, sodass ihr Proviant durch Äpfel, Birnen und Bananen gesichert war. Ihre Flaschen füllten sie an der Wasserstelle im Hof auf.

Arbeitsgeräte hatten sie jede Menge in der Scheune gefunden. Schaufeln, Spaten und Spitzhacken geschultert machten sie sich auf den Weg. Als der erste Hahn in der Ferne krähte, hatten sie das Areal der Burg schon längst verlassen und bewegten sich auf den Waldrand zu. Ein kurzer Blick zurück zeigte Schloss Marberg im hellen Schein der frühen Morgensonne.

Sogar im Wald war es jetzt schon angenehm warm. Den Weg zu den Zwillingsbrüdern kannten sie ja bereits, also marschierten sie voller Tatendrang los und Timmy flitzte vorweg. Die Erwartung, noch heute das Tal der Dinosaurier und damit weitere Knochen zu finden, verlieh ihnen enorme Energie. Jetzt konnte es nicht schnell genug gehen.

Rasch hatten sie die schroffe Felsformation erreicht, die Zwillingsbrüder ragten steil vor ihnen auf.

Aufgeregt studierte Dick die Karte auf seinem Smartphone. »Okay, von hier aus 52 Meter in Richtung Norden. Dann 100 Meter nach Westen.«

Gemeinsam maßen sie die Entfernung mit ihren Schritten ab, damit sie sich auch ja nicht verzählten.

Noch einmal blieb Dick stehen, um die Koordinaten zu checken und sich zu orientieren. »Da lang«, stellte er dann selbstsicher fest.

Er stiefelte weiter und die anderen folgten ihm fröhlich durch den Wald, entlang moosbewachsener Wälle und durch kleine Schluchten. Bald würden sie beweisen können, dass Martys Vater kein Spinner war!

Schließlich erreichten sie eine tiefe Senke mit steilen Wänden, in der mächtige Baumriesen wuchsen. Noch einmal verglich Dick die Zahlen auf der Skizze, dann verkündete er aufgeregt: »Wir sind am Ziel. Das muss es sein! Das Tal der Dinosaurier.«

Einen Moment blieben Marty und die Freunde am Rand stehen und betrachteten das Tal ehrfürchtig. Auch dies war ein besonderer Moment. Dann stiegen sie hinab, um ihre Mission zu erfüllen!

Jetzt legten sie aber los! Mit Spitzhacke und Spaten begannen sie, an verschiedenen Stellen des Tals zu graben, und auch Timmy buddelte los wie ein Weltmeister. Die Lösung war zum Greifen nah, da lief die Arbeit wie am

Schnürchen. Getrieben von der Genugtuung, dass sie Becky zuvorkommen würden und ihn in die Irre geführt hatten, ließen sie sich wieder und wieder auf die Knie nieder und gruben mit den Händen weiter, dass ihnen auch ja kein Hinweis auf einen Dinosaurierknochen durch die Lappen ging, und wenn er noch so klein war!

Zwischendurch beförderten sie immer wieder kleine Teile ans Tageslicht, die im ersten Moment aussahen wie Knochenteile, die sich dann aber doch als Steine, Stöcke oder komprimierte Erdklumpen entpuppten.

Es war warm, sie schwitzten und irgendwann verstummte das fröhliche Singen und Pfeifen, das sie zunächst aus lauter Freude an ihrer Aktion auf den Lippen gehabt hatten. Die Wasservorräte nahmen rapide ab. Die Pausen wurden häufiger.

Bis Dick plötzlich etwas unter seinen Händen spürte, das sich definitiv anfühlte wie ... Knochen! Vorsichtig legte er sie frei. Es handelte sich tatsächlich um ein Skelett! Wenn auch um ein ziemlich kleines.

»Hey! Kommt mal her!«, rief er aufgeregt. Die anderen kamen herbeigeeilt und schauten ihm erwartungsvoll über die Schulter.

Stolz präsentierte er ihnen seinen Fund. »Vielleicht ein kleiner Sinosauropteryx?«

Marty lachte. »Oryctolagus cuniculus«, erklärte er sachlich.

Dick ließ enttäuscht die Schultern hängen und übersetzte seufzend: »Ein Wildkaninchen.«

Marty tätschelte ihm aufmunternd den Arm. Dann begab sich jeder wieder an seine Ausgrabungsstätte. Weiterbuddeln war angesagt – wenn auch jetzt mit weniger Elan.

Bald war auch der gesamte Proviant aufgefuttert, die Sonne stand tiefer am Himmel und allmählich waren die Kinder am Ende ihrer Kräfte. Ächzend und stöhnend schaufelten sie, bis nichts mehr ging. Der Frust war groß, nachdem nun jeder ausgegrabene Stein mehrfach umgedreht worden war und sich wieder nicht als Knochen entpuppt hatte.

»Hier ist nichts«, stellte George enttäuscht fest.

Anne ließ sich schließlich erschöpft auf einem kleinen Felsen nieder. »Ich kann nicht mehr«, jammerte sie. »Wie lange müssen wir denn noch graben?«

Und als hätte sie damit eine Art Bann gebrochen, ließen auch George, Dick und Julian ihre Arbeitsgeräte sinken. Es hatte keinen Sinn, weiterzusuchen, da waren sie sich einig, auch wenn es keiner aussprechen mochte.

Nur Marty ließ sich nicht beirren. Verbissen grub er weiter, Schaufel um Schaufel.

»Weiter, weiter, hier muss es was geben«, stammelte er vor sich hin. Wie ein Besessener sprang er unter den mitleidigen Blicken der Kirrins von einer Mulde zur nächsten und grub die Hände in die Erde. Dabei plapperte er die lateinischen Namen verschiedener Dinosaurier vor sich hin. Man sah ihm an, dass auch er völlig erschöpft war.

Schließlich ließ er sich traurig auf den Waldboden sinken. Für einen Moment kauerte er sich zusammen wie ein hilfloses kleines Tier.

»Die Leute hatten recht«, sagte er dann leise mit tränenerstickter Stimme. Über und über mit Erde beschmiert hob er den Blick hinauf zu den Felsen. »Mein Vater war ein Spinner.«

In einem vergeblichen Versuch, Marty zu trösten, sagte Anne: »Nein, Marty, so darfst du nicht denken.«

Als sie ihm dann auch noch die Hand auf die Schulter legte, war das zu viel für Marty. Wütend schlug er ihre Hand weg und sprang auf die Füße.

»Mein V-Vater war ein Spinner!«, brüllte er. »Und sein Sohn ist auch ein Spinner!«

Julian rappelte sich auf. »Marty, beruhige dich. Niemand denkt das!«

Mit leerem Blick starrte Marty in den Wald. Was für eine Achterbahn der Gefühle! All die Euphorie war größter Enttäuschung gewichen und der Erkenntnis, dass sie das Ansehen seines Vaters nicht retten konnten. Im Gegenteil. Jetzt glaubte sogar er selbst, dass Marty Bach senior ein Hochstapler gewesen war. Ein Schaumschläger. Vielleicht aber auch nur ein Traumtänzer.

Ratlos standen die Freunde da. Keiner wusste etwas zu sagen. Anne hätte Marty so gern getröstet, aber sie war wegen seiner heftigen Reaktion selbst noch so verwirrt, dass ihr die Worte fehlten.

Erst als Marty nach seinem Rucksack griff und sich diesen zögernd über die Schulter schob, fand sie die Sprache wieder. »Marty, geh nicht. Es ist alles okay, wirklich!«

Dabei war ihnen allen klar, dass sie Marty nicht würden aufhalten können. Er war tief verletzt. Seine Enttäuschung war viel zu groß.

»Ich … ich will ein bisschen allein sein«, erklärte er. »Ich geh zurück zur Burg, ja?«

Ein leichtes Nicken signalisierte ihnen, dass sie das bitte respektieren sollten.

Also ließen sie ihn ziehen.

»Und jetzt?« Anne ließ sich niedergeschlagen auf den Waldboden sinken.

George hockte neben ihr und stützte das Kinn auf die Knie. »Du hast es doch gehört, er möchte allein sein.«

Dick mochte nicht glauben, was hier gerade abging. Er wischte wild auf dem Display seines Handys herum, die Details der Karte huschten von links nach rechts. »Vielleicht hab ich ja irgendwas übersehen«, sagte er mit gequälter Stimme. Dann schüttelte er das Smartphone, als ob das irgendeine Wirkung auf die Zeichnung hätte.

Julian lachte bitter. »Dann hättest du ja einen Fehler gemacht.«

Dick sah ihn verblüfft an. »Stimmt, kann also nicht sein.«

Langsam und träge, erschöpft von der schweren Arbeit und unfassbar enttäuscht rappelte Julian sich auf. »Kommt, Leute, lasst uns zusammenpacken, es wird bald dunkel.«

Noch einmal warfen sie einen Blick zurück auf das vermeintliche Tal der Dinosaurier, das zum Tal der Luftschlösser geworden war. Dann traten sie den Rückweg an.

Vor lauter Erschöpfung trotteten sie einfach so dahin, ohne großartig auf den Weg zu achten.

Noch immer zwitscherten die Vögel und die nun tief stehende Sonne schickte ihre Strahlen durch die Äste.

Kleine Zweige knackten unter ihren Füßen. Und trotzdem war jetzt alles anders als auf dem Hinweg.

»Wollen wir nicht mal 'ne Pause machen?«, fragte Dick nach einer Weile.

»Ja, und mal auf die Karte schauen«, schlug Julian vor. »Hier sind wir jedenfalls vorhin nicht vorbeigekommen. Inzwischen müssten wir schon längst wieder bei den Zwillingsbrüdern sein.«

Anne zog sich den Rucksack von den Schultern und ließ ihn auf den Boden plumpsen. »Na toll, jetzt haben wir uns auch noch verlaufen.«

»So schlimm wird's schon nicht sein«, war George sich sicher. »Bestimmt nur ein kleiner Umweg. Die Zwillingsbrüder müssten meiner Meinung nach gleich dort hinten …«

Und plötzlich war George verschwunden. Der Erdboden hatte sie im wahrsten Sinne des Wortes verschluckt!

Anne schrie auf, Timmy bellte aufgeregt.

Sofort rannten Dick und Julian zu dem Loch, in dem George versunken war wie mit einem Hochgeschwindigkeits-Fahrstuhl, und spähten über den Rand. Es war eine Felsspalte, über die sich wohl im Laufe der Zeit Äste und Blätter gelegt hatten. Weit unten konnten sie Georges Gesicht erkennen.

»George, bist du okay?« rief Dick besorgt.

Jetzt trauten sich auch Anne und Timmy näher heran.

»Ja, alles okay«, keuchte George. Der Schreck saß ihr allerdings noch in den Knochen. Sie hielt sich rechts und links mit Händen und Füßen an den Felswänden fest, wo sie guten Halt fand. So hatte sie ihren Fall abgebremst.

»Kannst du hochklettern?«, wollte Julian wissen.

George scannte die Felswände mit ihren Blicken und antwortete: »Kann ich, ja. Aber … Lasst mir mal die Taschenlampe runter, hier scheint was zu sein!«

Langsam kletterte George weiter nach unten, bis sie Boden unter den Füßen spürte.

»Bitte George, komm wieder hoch, nicht dass noch irgendwas passiert!«, jammerte Anne. Ihr war das alles nicht geheuer.

Doch Dick war sofort zur Tat geschritten. Wie gut, dass sie für ihre Erkundungstour so gut ausgerüstet waren! Schnell fischte er ein dünnes Seil aus seinem Rucksack und band dieses an die Schlaufe seiner Taschenlampe. Unter den misstrauischen Blicken seiner Schwester ließ er die Lampe zu George hinab.

Anne fühlte sich nicht ernst genommen. »Habt ihr nicht gehört, was ich gesagt habe?«, maulte sie.

Aber auch jetzt ignorierten ihre Brüder sie. Sie waren viel zu neugierig, was George da entdeckt hatte!

Weit unten konnten sie nun den Schein der Taschenlampe erkennen, der sich an den Felswänden entlangtastete, als George auch schon verkündete: »Leute! Ein Höhleneingang!«

»Ein Höhleneingang?« echoten die Jungen.

»Ja, kommt runter!«, forderte George sie auf. »Wie krass ist das denn!«

Anne war wenig begeistert, aber sie folgte ihren Brüdern, und der Abstieg zur Höhle erwies sich dann auch als gar nicht so schwierig.

Timmy musste als Einziger zurückbleiben. Ihm gefiel das gar nicht, dass er nun sein Rudel nicht beschützen konnte. Fiepend legte er den Kopf auf den Felsrand.

Unten angekommen zückte auch Julian seine Taschenlampe, bereit für die Erkundung der Felsenhöhle! Normalerweise hätten sie etwas Skrupel gehabt oder zumindest ein mulmiges Gefühl, eine unbekannte Höhle zu betreten. Zu groß war die Gefahr, dass sie sich verliefen oder abstürzten oder eingeklemmt wurden. Was sie hier aber erwartete, verblüffte sie über alle Maßen und ließ alle Bedenken verblassen.

Zwar war der Weg, der vor ihnen lag, feucht und holprig, aber er war ausgetreten und an manchen Stellen sogar befestigt! Hier war definitiv schon oft jemand entlanggelaufen!

»Vorsicht, sieht ziemlich rutschig aus!«, mahnte Dick. Er lief vorweg.

Staunend leuchteten sie in alle Ecken und Nischen. Das war ja mal richtig spannend!

Julian hielt den Strahl der Lampe in einen seitlichen Gang. »Hier geht's lang. Kommt.«

Sie bogen um eine Ecke – und dann verschlug es ihnen für einen Moment die Sprache. Sie fanden sich in einem Höhlengewölbe wieder, das eingerichtet war wie eine Art Labor!

George fand als Erste wieder Worte. »Komplett ausgestattet!«, stellte sie fassungslos fest.

Hier gab es neben etlichen Regalen, die mit allerlei Instrumenten, Kartons und Kisten vollgestopft waren, auch alles, was man brauchte, um es eine Weile lang gut auszuhalten. Sogar elektrische Lampen waren vorhanden, aber ein Klick mit dem Schalter zeigte, dass sie nicht mit Strom versorgt waren.

Überall hatten zahlreiche Spinnen ganze Arbeit geleistet. Ihre Netze glitzerten im Schein der Taschenlampen.

Anne fuhr mit der Hand über ein Bord, auf dem ein Wasserkocher stand. »Iiihhh!« Ihre Hand war schwarz vor Dreck.

»Dem Staub nach zu urteilen, war hier schon lange niemand mehr«, stellte Julian fest.

George entdeckte auf einem der Tische ein dickes Buch. Vorsichtig nahm sie es hoch und begann, darin zu blättern. Eine gewisse Ehrfurcht packte sie, denn sie erkannte schnell, dass dies ein ganz besonderes Buch war.

»Seht mal!«, rief sie. Dick und Julian leuchteten mit ihren Taschenlampen auf das gelbliche Papier. »Eine Art Tagebuch«, flüsterte George.

Andächtig blätterte sie die Seiten um. Skizzen und Zeichnungen gab es da zu sehen und handgeschriebene Notizen. Zettel mit weiteren Notizen lagen zwischen den Seiten und … ein Foto.

»Das ist Marty!«, rief George halblaut.

Sie schaute stolz in die Runde. »Das ist das Tagebuch von Marty Bach senior.«

»Martys Vater«, sagte Anne.

George war richtig geflasht. Sie konnte kaum glauben, dass sie diesen Ort gefunden hatten und dass sie jetzt dieses Buch in der Hand hielt.

»Wahnsinn!« Sie blätterte zurück und tippte mit dem Zeigefinger auf das Datum. »Der erste Eintrag ist zwölf Jahre alt.«

»Such mal den letzten«, forderte Julian sie auf.

George folgte mit dem Finger den Zeilen des letzten Eintrags. »Die letzten Knochen heute freigelegt. Damit Gewissheit: mein Gorgosaurus libratus ist vollständig.« Bei diesen Worten kippte George vor Begeisterung beinahe die Stimme.

Die Freunde lachten erleichtert. Eine zentnerschwere Last fiel ihnen vom Herzen. »8. September 2015«, las George das Datum.

Sie konnten es kaum abwarten, Marty davon zu erzählen. Aber erst wollten sie noch erforschen, ob die Höhle noch weitere Überraschungen für sie bereithielt, vielleicht sogar …

Auf dem Weg tiefer in die Höhle hinein stutzte Dick plötzlich. Er blieb stehen, denn eine Plane erregte seine Aufmerksamkeit, unter der irgendeine Maschine zu stecken schien.

Im Taschenlampenlicht zog er die Plane fort. Ein Generator!

Die anderen waren schon ein gutes Stück weitergelaufen. Ihre Stimmen hallten durch die Höhle. »Ganz schön dunkel hier«, hörte Dick seine Schwester jammern.

Doch Dick wäre nicht Dick, der Technik-Freak, wenn er nicht wenigstens versuchen würde, den Generator in Gang zu bringen. Schnell waren die nötigen Hebel gefunden und umgelegt, zuversichtlich fasste Dick nun den Griff des Startriemens und zog mit einem kräftigen Ruck. Der Apparat gab nur ein heiseres Ächzen von sich, die Kontrolllampe flammte kurz auf. Das war's. Auch ein weiterer Versuch brachte den Generator nicht zum Laufen. Vermutlich hatte er schon viel zu lange hier herumgestanden, ohne in Betrieb zu sein. Das hatte der Maschine geschadet.

Aller guten Dinge sind drei, dachte Dick und versuchte es ein letztes Mal.

Flash! Die Light-Show begann! Überall in der Höhle flammten in den Nischen Lampen und Scheinwerfer auf. Ein Piepsen hallte von den Felswänden wider, die Trafos gingen in Betrieb.

Anne schützte ihre Augen mit der Hand, für einen Moment war sie richtig geblendet. Plötzlich spürte sie etwas, das hinter ihr aufragte, etwas, das eben noch im Dunkel verborgen gewesen war. Vorsichtig drehte sie sich um und spähte über ihre Schulter.

»Aaahhh!« Erschrocken fuhr sie zusammen. Ihr Herz ratterte wie eine Dampflock, als sie sich riesenhaften Reißzähnen gegenübersah, von denen etwas herabtropfte, das im allerersten Moment wie Blut aussah.

Julian stand mit offenem Mund da und wusste nicht, ob er vor Freude lachen oder weinen sollte. »Alles gut, Anne«, sagte er schließlich. »Ist nur ein … Dinosaurier!«

Und jetzt kam auch schon Dick um die Ecke gerannt. Beinahe wäre er ausgerutscht, so eilig hatte er es. »Wahnsinn! Krass!« Er lief um den beeindruckenden skelettierten Kopf herum. »Unfassbar!«

Im hellen Licht der Scheinwerfer konnte er das Skelett in seiner ganzen Pracht bestaunen.

»Gorgosaurus libratus, theropoder Dinosaurier. Spätes Capanium. Bipeder Fleischfresser ...«, spulte er sein Wissen ab.

Plötzlich war alle Müdigkeit, Erschöpfung und Enttäuschung wie weggeblasen.

Aufgeregt nahm George den Dinosaurier in Augenschein, der – halb eingebettet in der Felswand – hoch über ihr aufragte. Vor ihrem Mund bildete der Atem in der kühlen Höhlenluft eine feine Nebelwolke. »Wir haben ihn gefunden!« Jetzt war auch der letzte Zweifel ausgeräumt.

Julian wunderte sich, dass der Felsen das Skelett in dieser Tiefe freigegeben hatte. »Wie kann das sein?«

Dick konnte es natürlich erklären, und dieses Mal waren die anderen richtig froh über seine Kenntnisse.

»Ein Fossil ist ja bekanntermaßen von Sediment umgeben«, erklärte Dick. »Und so kann es Millionen von Jahre überdauern. Mit der Veränderung der Landschaft können Dinosaurierknochen nach und nach an die Erdoberfläche kommen.«

»Das ist hier aber eine Höhle«, gab Anne zu bedenken.

»Richtig«, erwiderte Dick. »Und Höhlen entstehen unter anderem durch Wasser unter der Erdoberfläche, das über die Jahre versickert. So wurde wohl auch das Skelett freigespült. Versteht ihr, was ich meine?«

»Nein«, riefen Anne, George und Julian im Chor.

»Also, noch mal von vorne«, setzte Dick an.

Doch die anderen bremsten ihn aus. »Wir haben's schon verstanden.«

Aber Dick ging noch etwas anderes durch den Kopf. »Tyrannosaurus bachae«, sagte er ehrfürchtig. »Ist lateinisch und heißt so viel wie *Bachs Tyrannosaurus*. Nach seinem Entdecker. Marty Bach senior.«

Schnell zückte Dick sein Smartphone und schoss Beweisfotos aus verschiedenen Perspektiven.

Martys Vater war rehabilitiert. Seine Ehre war gerettet.

Kapitel 7

Inzwischen hatte es zu dämmern begonnen. Die Fünf traten durch das Tor in den Hof von Schloss Marberg. Die Sonne warf lange Schatten auf das antike Pflaster und die gesamte Burganlage war in bläuliches Licht getaucht. Niemand war zu sehen. Auch Marty nicht. Nur die Vögel begrüßten sie mit ihrem Abendgesang.

Der Hoffnung folgend, Marty könne sich bereits in ihr Lager zurückgezogen haben, rannte George durch das offen stehende Scheunentor. Doch Marty war nicht zu sehen.

Zögernd stieg sie die Holztreppe hinauf. »Marty?«

Das konnte doch nicht sein. Nun hatten sie *die* erlösende Nachricht für ihn, und er war nirgendwo zu finden!

Die anderen hatten am Scheunentor gewartet und zuckten zusammen, als plötzlich eine Stimme nach ihnen rief.

»Ah, Kinder, auf euch habe ich gewartet.« Becky erhob sich mühsam von einem Stuhl, auf dem er im Schatten verborgen unter der Remise gesessen hatte, und kam auf seinem gesunden Bein angehüpft. Auf den Stufen, die von dem Holzvorbau herabführten, ließ er sich sogleich wieder nieder und legte den verletzten Fuß, der mit leuchtend blauem Tape bandagiert war, auf einer kleinen Kiste ab. »Mein Bruder ist gerade mit 'nem Teil der Truppe Richtung Schillertal aufgebrochen.«

Er spielt also immer noch das Spiel mit dem verletzten Fuß, dachte Dick wütend. *Wie lange will der uns denn noch auf den Arm nehmen?*

Jetzt kam auch George wieder aus der Scheune und wechselte misstrauische Blicke mit den Freunden.

»Und Marty?«, fragte Julian.

Becky legte den Kopf schief, als würde es ihm jetzt erst auffallen, dass der junge Mann nicht bei ihnen war. »Weiß ich nicht. Ich dachte, der ist bei euch!«

Becky wuchtete seinen Rucksack herüber, der neben ihm auf den Stufen gestanden hatte. »Wir sollten dann auch langsam los. Pedro und die Herzogs müssten jeden Moment hier auftauchen.«

Anne kniff die Augen zu Schlitzen zusammen. Ihr reichte dieses Possenspiel jetzt! »Was haben Sie mit Marty gemacht?«, fragte sie mit scharfer Stimme.

Doch Becky mimte weiterhin den Coolen und machte nur eine seiner albernen Handbewegungen. »Was soll ich denn mit Marty gemacht haben?«, fragte er unschuldig.

Julian trat einen Schritt vor. Nach allem, was sie gerade herausgefunden hatten, fühlte er sich sehr mutig. Die Puzzleteile passten zusammen! »Ja, schon klar. Wir wissen, dass Sie ein Dieb sind und es auf die Dinosaurierknochen abgesehen haben!«

Becky wollte sich gerade wieder das Funktionswickeltuch in die Stirn schieben und hielt mitten in der Bewegung inne. »Bitte? Was?«

George verschränkte die Arme vor der Brust und schaute auf Becky hinab. »Ja, wir haben das Tal nämlich doch gefunden«, erklärte sie forsch.

Jetzt musste Becky aber herzlich lachen. Oder zumindest tat er so, als sei ihm zum Lachen zumute. »Na, haben wir ein bisschen zu lange in der Sonne gesessen?«, tat er Georges Worte mit einem spöttischen Grinsen ab.

Dick war so wütend. Jetzt machte dieser miese Verbrecher sich auch noch über sie lustig! Er hätte platzen können! Ohne weiter nachzudenken, ging er auf Becky zu und trat ihm mit voller Wucht den kleinen Kasten unter dem vermeintlich verletzten Fuß weg. Das Holz krachte scheppernd über das Pflaster. »Guter Trick, die Sache mit dem verstauchten Knöchel«, fauchte er.

Becky ging zu Boden und schrie vor Schmerzen. Winselnd hielt er sich den Fuß.

Jetzt waren die Freunde vollkommen perplex. *Diese* Schmerzensschreie schienen nun wirklich nicht gespielt zu sein. Die waren echt!

Und da kam auch schon Professor Herzog in Wanderkluft aus dem Haus herbeigeeilt. »Was ist denn hier los? Kinder, was macht ihr denn?« Er lief zielstrebig an ihnen vorbei, um Becky zu helfen. »Seid ihr verrückt geworden?«, rief er vorwurfsvoll.

Aber Dick war der jammernde Wanderführer gerade immer noch egal. Das Smartphone gezückt trat er auf den Professor zu. Hier waren jetzt andere Dinge wichtiger.

»Hören Sie, Carl, Martys Vater hatte recht! Hier, sehen Sie selbst!« Er hielt ihm das Handy unter die Nase.

Professor Herzog rückte sich die Brille zurecht und betrachtete verblüfft das Foto. »Gorgosaurus libratus! Ein theropoder Dinosaurier aus der Familie der Tyrannosauridae. Fantastisch!« Die Augen des Professors leuchteten vor Begeisterung. Und auch er hatte jetzt Becky vollkommen vergessen, der immer noch zu seinen Füßen auf dem Boden kauerte. Was war schon ein winselnder menschlicher Wanderführer gegen einen majestätischen versteinerten Tyrannosaurus!

In diesem Moment kam auch Barbara Herzog – heute im karierten Flanellhemd – herbeigeschlendert und begab sich süßlich lächelnd an die Seite ihres Mannes. Ein kleines blaues Halstuch hatte sie kess an der Seite geknotet.

Die will wohl einen auf Cowboy-Lady machen, dachte Anne.

»Was passiert hier?«, erkundigte sich die Frau des Professors, wobei sie einen abschätzigen Blick auf Becky warf.

Die Hände des Professors zitterten vor Aufregung, als er seiner Frau das Foto zeigte. »Sieh mal, Täubchen, was die Kinder entdeckt haben! Eine Sensation!«

Doch die Begeisterung der Pharmazeutin blieb aus. Im Gegenteil, ihre Miene versteinerte augenblicklich. Sie quetschte lediglich ein »Wirklich toll« durch die zusammengebissenen Zähne.

Das war der Augenblick, in dem Timmy zu kläffen begann. Er hatte ein gutes Gespür dafür, wenn etwas nicht stimmte. Und hier stimmte etwas ganz und gar nicht!

Die junge Frau, die sonst immer so beherrscht und aufgeräumt auftrat, verlor für einen Moment die Kontrolle und fuhr Timmy an. »Schnauze!«

Jetzt machte es in Georges Gehirn klick! Sie brauchte nur den eiskalten Blick der Frau zu sehen, da wusste sie Bescheid.

»*Sie* haben Marty niedergeschlagen und die Karte gestohlen!«, platzte es aus ihr heraus.

Doch da mischte sich der Professor ein. »Was redest du denn da für einen Quatsch? Und was für eine Karte überhaupt?«

»Die Karte, die zu dem Dinosaurierskelett führt!«, rief Julian aufgebracht.

Auch Dick zählte eins und eins zusammen. »Und dann haben Sie Becky eine gefälschte Karte untergejubelt, um uns auf die falsche Fährte zu locken!«

Ihm fiel ein, wie sie selbst die Koordinaten auf Beckys Karte manipuliert hatten. *Eigentlich war das unser Trick*, dachte er. *Sie hat uns mit unserem eigenen Trick aufs Glatteis geführt!* Das durfte doch nicht wahr sein!

Becky saß weiter auf dem Boden, rieb sich den schmerzenden Fuß und schüttelte ungläubig den Kopf. Er verstand jetzt gar nichts mehr.

Auch der Professor war sich sicher, dass es sich hier um ein großes Missverständnis handeln musste. »Täubchen, sag ihnen, dass das kompletter Unsinn ist.« Er wollte seiner Frau den Arm um die Schulter legen, aber die stieß ihn energisch fort.

»Fass mich nicht an!«, blaffte sie.

Klick! Das war das Entsichern einer Pistole, die Barbara

Herzog plötzlich hinter ihrem Rücken hervorgezogen hatte nun auf sie richtete.

In einer reflexhaften Bewegung hatte sich der Professor sofort auf die Seite der Kinder gestellt. Er streckte die Hand nach seiner Frau aus. »Das ist eine Waffe!«

»Ich weiß, was das ist, du Idiot!«, spie diese ihm hasserfüllt entgegen.

Becky rappelte sich langsam auf. Dick half ihm auf die Füße und stützte ihn, damit er sich überhaupt aufrecht halten konnte. Inzwischen tat es Dick sehr leid, dass er Becky wehgetan hatte.

Blöde verhinderte Cowboy-Tussi, dachte Anne. Aber in Anbetracht der Tatsache, dass sie direkt in die Mündung der Pistole schaute, behielt sie diese Bemerkung lieber für sich.

»Na toll! Das habt ihr wirklich großartig gemacht!«, sagte Barbara Herzog an die Freunde gewandt. »Seid ihr uns also auf die Schliche gekommen, ja?«

Anne stutzte. »Wieso *uns*?«

Barbara Herzog tat ganz scheinheilig. »Oh, hab ich *uns* gesagt?«

Ein verschwörerisches Lächeln legte sich auf ihr Gesicht, als auf einmal Pedro an ihre Seite trat.

»Holla, amigos«, grüßte der bärtige Portugiese. »Haben wir ein Problem?«, flüsterte er Barbara zu, die unverwandt die Waffe auf die Freunde, Becky und den Professor gerichtet hielt. Sie zuckte nur abschätzig mit den Schultern.

»Sie stecken mit Barbara unter einer Decke?«, platzte es aus Dick heraus.

»In der Tat zur Zeit leider selten.« Pedro grinste selbstsicher. »Bist du ein kluges Junge.«

Dick war in diesem Moment froh, dass Gottfried nicht da war. Er hätte Pedro sicher angepampt, dass es *kluger Junge* hieß, was in dieser Situation sicher nicht hilfreich gewesen wäre. Sie mussten jetzt einen kühlen Kopf bewahren!

Die Frau des Professors setzte eine gekünstelt mitleidsvolle Miene auf. »Ach Carli, ich wollt's dir ja ersparen, aber ... Pedro und ich ...«

Pedro schlang die Arme um Barbara und küsste sie auf die Wange. »... wir lieben uns«, vollendete er den Satz.

Ach, du lieber Dino, dachte George. Wenn die Pistole nicht wäre, könnte das glatt eine Szene aus einem Schnulzenfilm sein. Einem ganz üblen Schnulzenfilm. Ihr tat der Professor unendlich leid. So eine Demütigung hatte er nicht verdient. Pedro und Barbara hatten nichts als Hohn und Spott für ihn übrig.

»Seit wann läuft das mit euch beiden?«, fragte der Professor mit gebrochener Stimme. Offenbar konnte er nicht fassen, was hier gerade ablief.

»Schon sehr lange«, hauchte Barbara zärtlich in Pedros Richtung. Dann wurde ihre Stimme schneidend. »Aber das soll jetzt nicht dein Problem sein. Ihr habt nämlich alle hier ein ganz anderes Problem.«

»Viele, viele Probleme«, wiederholte Pedro. Er baute sich vor ihnen auf und hob die Hände, um seine Bemerkung zu untermalen. Von dem freundlichen Südländer, der Marty ernst genommen und ihm ein paar Brocken Portugiesisch beigebracht hatte, von dem Mann, der so ausgiebig mit Timmy gespielt hatte, war nichts mehr zu merken. Der Pedro, der nun vor ihnen stand, erinnerte eher an einen skrupellosen Mafioso.

»Wir können es nämlich gar nicht gebrauchen, dass hier irgendjemand über den Dinosaurier Bescheid weiß«, erklärte Barbara Herzog mit zuckersüßer Stimme.

»Also los!«, brüllte sie und fuchtelte mit der Pistole in der Luft herum, um die Gruppe Richtung Burg zu dirigieren.

»Vamos!«, echote Pedro.

»Täubchen …«, wagte Professor Herzog einen letzten kleinen Versuch, seine Frau milde zu stimmen. Doch Pedro fuhr ihm unwirsch über den Mund und scheuchte sie händeklatschend voran, als seien sie ein Hühnerhaufen. Barbara kommentierte das alles mit einem schadenfrohen Lachen.

Becky hatte jedoch noch einen Trumpf im Ärmel. »Sie wissen schon, dass, wenn wir bis heute Abend nicht im Schillertal auftauchen, mein Bruder einen Suchtrupp losschicken wird?«

Damit schien er Barbara und Pedro tatsächlich für einen Moment aus dem Konzept gebracht zu haben. Sie blieben abrupt stehen.

»Das ist ein Problem«, hörten sie Pedro flüstern.

Aber das Schicksal meinte es nicht gut mit ihnen, denn in diesem Moment trat Marty aus der Burg in die Abendsonne.

»Hey, da seid ihr j-ja!«, rief er fröhlich. Marty kam über den Schotter auf sie zugelaufen. Beinahe wäre er über seinen offenen Schnürsenkel gestolpert. Er bückte sich schnell, um den Schuh zuzubinden.

Diesen Moment nutzte George, um für Marty ein gutes Wort einzulegen. »Bitte«, flüsterte sie Barbara zu. »Halten Sie Marty da raus. Er weiß nichts von dem Dinosaurier.«

Blitzschnell hatte Barbara sie zu sich herangezogen und ihr die Pistole in den Rücken gedrückt, sodass Marty die Waffe nicht sehen konnte.

Barbara Herzog nahm George in den Schwitzkasten und zischte ihr ins Ohr: »Dann wirst du jetzt deinem dummen Freund sagen, dass er ins Schillertal laufen und den anderen sagen soll, dass alles in Ordnung ist. Ein falsches Wort und ihr geht *alle* hops!« Mit ihren Blicken schickte sie Blitze in die Runde, damit auch jeder verstand, dass sie das verdammt ernst meinte.

Marty richtete sich wieder auf und druckste ein wenig herum.

Pedro tat gut Freund und lächelt ihn durch seinen schwarzen Vollbart breit an.

»Ich w-wollte mich entschuldigen. W-Wegen vorhin«, sagte Marty schließlich.

Was für eine absurde Situation, dachte Julian. Hört diese Berg- und Talfahrt denn gar nicht auf? Wie gern hätte er Marty jetzt von dem Dino erzählt. Stattdessen mussten sie ihm was vorspielen und gute Miene zu ganz bösem Spiel machen! »Alles klar, Marty. Kein Problem«, sagte er so lässig wie möglich.

Marty schien erleichtert. »Okay. Die anderen sind schon los. W-Wollen w-wir auch?«

Was sollten sie jetzt tun? Was sollten sie Marty sagen?

Doch Barbara Herzog nahm ihnen die Entscheidung ab. »Ach nein, wir wollten eigentlich noch eine Nacht hier verbringen«, sagte sie mit einer überraschenden Leichtigkeit in der Stimme. »Würdest du bitte ins Schillertal laufen und den anderen Bescheid sagen? Mh?«

Was blieb den Freunden da anderes übrig, als Zustimmung zu heucheln, wenn ihnen jemand eine Waffe ins Kreuz drückte?

Marty war verwirrt. »Wieso? Was Bescheid sagen?«

Jetzt spürte Dick die Pistolenmündung im Rücken. Er nickte. »Dass alles in Ordnung ist.«

»Aber, w-wir w-wollten doch zusammen …«, begann Marty, da schnitt ihm Anne direkt das Wort ab, die einen schmerzhaften Händedruck von Pedro im Nacken spürte.

»Nee. Wir wollen auch mal was alleine machen. Also, nicht bös gemeint, aber …« Noch nie in ihrem Leben war sich Anne so mies vorgekommen wie in diesem Moment. Sie sah Marty an, wie sehr ihn ihre Worte durcheinanderbrachten.

Aber er rührte sich nicht von der Stelle. Warum ging Marty denn nicht einfach los?

Dick spürte einen stechenden Schmerz zwischen den Rippen, als Barbara die Pistole fester in seinen Rücken drückte. Sie verlor allmählich die Geduld und war keineswegs zum Spaßen aufgelegt.

Dick hatte jetzt keine andere Wahl mehr, als richtig gemein zu Marty zu sein, damit dieser endlich verschwand. »Mann Marty, verpiss dich einfach! Okay?«

Tief verletzt starrte Marty Dick mit aufgerissenen Augen an.

Julian war es, der als Erster auf die Idee kam: »Verpiss dich einfach, du Trottel!«, stimmte er in Dicks Tirade mit ein. Aber das war nicht das Einzige, was er tat. Gleichzeitig hob er die Hand und machte das Herz-Klopf-Zeichen. Ein Mal. Zwei Mal. Er hoffte so sehr, Marty würde das Zeichen verstehen!

George hatte es verstanden! Sie lachte ein dreckiges Lachen. »Ha, Mann, Hohlkopf, geh endlich!«, maulte sie. Auch sie machte das Zeichen. Immer und immer wieder.

»Du bist so ein Penner!«, »Du Loser!«, »Verschwinde!«, riefen die Freunde durcheinander. »Idiot!«, »Du Trottel!« »Geh!« Klopf-klopf. Klopf-klopf. Klopf-klopf. Marty musste doch verstehen!

Doch Marty schien von ihren Worten wie benommen. Er schloss kurz die Augen, fast so, als würden die Worte ihm körperlich wehtun.

»W-warum seid ihr jetzt so?« Beinahe kippte seine Stimme.

»Wir wollen mit jemandem wie dir nichts zu tun haben!«, schnauzte Julian ihn an. »Du Vollidiot«, gab er ihm noch mit auf den Weg. Julian atmete heftig, der Kloß im Hals tat richtig weh.

Die Sonne sank immer weiter und mit ihr Martys Mut. Endlich drehte er sich um. Er hielt das alles nicht mehr aus und ging mit gesenktem Kopf davon.

Ich schäme mich so, ich schäme mich so sehr, dachte George. Sie hatte größte Mühe, die Tränen zurückzuhalten. Aber so weit käme es noch, dass sie in Gegenwart dieser überheblichen Hornochsen noch anfangen würde zu flennen!

Sobald Marty außer Sichtweite war, stießen Barbara und ihr Lover sie weiter, hinein in den Turm, die Wendeltreppe hinauf. Becky musste sich schwer auf Dick abstützen, um die Stufen zu bewältigen.

Pedro hielt George und Anne weiter fest im Nacken. Sie liefen am Schluss der kleinen Gruppe. »Ihr müsst jetzt ganz lieb sein, sonst wird Barbara böse«, zischte er ihnen zu.

Dieses Mal liefen sie an dem Absatz vorbei, der zu den Schlafräumen führte. Es ging weiter hinauf bis zum Turmverlies!

Pedro öffnete die schwere Eichentür, während Barbara ihren Mann, Becky und die Freunde in Schach hielt. »Senhores e Senhoras, hereinspaziert!«

Einen nach dem anderen schubste er sie in den dunklen, verdreckten Raum und baute sich dann wie der Riese von Meister Propper mit verschränkten Armen vor ihnen auf.

Schon wie sie da hineinstolperten, bemerkte Dick, dass auch der Professor sich nun ans Herz fasste. Er tat das jedoch sicher nicht aus demselben Grund wie Marty! Seine Frau hatte dafür jedoch keinen Blick. Oder noch schlimmer: Es schien ihr komplett egal zu sein.

»So, ihr könnt jetzt hier die schöne Aussicht genießen«, sagte sie mit einem Nicken in Richtung des einzigen Fensters, das nicht einmal mit einer Scheibe versehen war. »Während wir uns morgen ganz gemütlich dranbegeben, die Knochen abzutransportieren.«

In ihrer übertrieben verliebten Art zwinkerte sie Pedro zu.

Meine Güte, müssen die sich großartig vorkommen, dachte Julian verdrossen. Mir wird gleich übel vor lauter Sülz.

Doch jetzt mischte Dick sich ein. »Wie soll das gehen? Sie kriegen die Knochen niemals heil an die Oberfläche.«

Barbara fuchtelte mit der Pistole vor seiner Nase herum. »Mein Junge, ich finde dich ja ganz amüsant mit deiner Klugscheißerei und ich möchte dir sicher nicht dein kleines Herz zerbrechen, aber wir haben gar nicht vor, die Knochen heil zu lassen.« Sie war immer näher auf ihn zugekommen und fixierte ihn mit eisigem Blick. Er wusste, jetzt kam eine böse Überraschung. »Im Gegenteil, wir werden sie zermalmen.«

Die letzten Worte fauchte sie den Freunden entgegen wie eine Hexe. Und genau das war sie in Dicks Augen auch, eine Hexe. Eine sehr böse Hexe, der es sogar vollkommen egal war, dass es ihrem Mann augenscheinlich gar nicht gut ging. »Versteht ihr?«

Keiner traute sich etwas zu sagen

»Aus dem Millionen Jahre alten Knochenstaub wird meine Firma ein Medikament herstellen, das der Menschheit zu neuer Vitalität verhilft«, fuhr sie jetzt mit wichtigtuerischer Stimme fort.

Anne mochte nicht glauben, was sie da hörte. Sie hatten ein Dinosaurier-Skelett gefunden, ein komplettes Dinosaurier-Skelett. Das war eine wissenschaftliche Sensation. Es für irgendein dusseliges Medikament zu zerstören – das musste doch ein dummer Scherz sein!

»Was? Das ist doch Unsinn!«, rief Anne daher frei heraus. »Wer kauft denn so etwas?« *Doch wohl nur Hohlbratzen!*, dachte sie. Aber diesen Zusatz behielt sie lieber für sich. Sie hatte die Pharmazeutin schon genug gereizt. Ehe Anne reagieren konnte, hatte die Frau sie an der Kehle gepackt.

»Du kleine Nervensäge!« Doch schon im nächsten Moment lockerte sie den Griff wieder und flüsterte: »Du kleine süße Nervensäge.«

Barbara ließ von Anne ab und ging rückwärts, bis sie wieder neben Pedro stand. »Alle«, sagte sie in die Runde. »Alle werden es kaufen. Die ganze Welt. Ich werde Millionen scheffeln und dann werden wir endlich das Leben führen, das wir uns erträumt haben.« Dabei begann sie zu kieksen und zu kichern wie ein albernes Mädchen.

Pedro zog sie zu sich heran, drückte ihr einen langen Kuss auf die Lippen und sagte dann: »Strand, Palmen und Piña Colada.« Angewidert guckte Julian weg und dachte: *Wenn die Lage nicht so ernst wäre, wäre es nur noch peinlich.*

An der Tür drehte Barbara sich nur einmal kurz um. »Macht's gut. Vielleicht habt ihr ja Glück und es kommt die Tage eine neue Reisegruppe vorbei und befreit euch.« Sie zwinkerte ihnen zu und tat dann gespielt erschrocken. »Ach nein! Das war ja die letzte Tour in dieser Saison. Tut mir leid.«

Und damit verschwand sie mit Pedro durch die Tür. Rumms! Die Tür krachte zu, und ein schabendes und polterndes Geräusch verriet ihnen, dass Pedro sie mit dem schweren Holzbalken verriegelt hatte.

Sofort rannten Julian und George zur Tür und horchten. Sie hörten Pedro noch bewundernd sagen: »Du bist so eine starke Frau.«

Es war wirklich zum Fremdschämen.

Jetzt saßen sie so richtig in der Falle!

Dennoch versuchten George und Julian, die Tür mit vereinten Kräften aufzustoßen. Verschenkte Energie. Auch die Versuche mit einer Brechstange gaben sie schnell auf. »Keine Chance«, stellte Julian resigniert fest. »Die Tür ist viel zu massiv, um sie aufzubrechen.«

Anne sah sich in dem ungemütlichen Raum um, und es kam ihr in den Sinn, dass sie ja nun in der Zelle waren, in der dieser Graf angeblich dreißig Jahre lang gefangen gehalten worden war. Wie hieß er noch gleich? Conrad? Cornelius? Constantin? Sie sprach den Gedanken lieber nicht laut aus, lief sie doch Gefahr, als Orakel-Anne am Ende noch ein Gespenst heraufzubeschwören, und das brauchten sie nun wirklich nicht!

Sie schaute aus dem Fenster und erkannte in der Ferne den Wald. Irgendwo da war Marty nun unterwegs. Und er war bestimmt unfassbar traurig. Wenigstens hatten sie ihn aus diesem Schlamassel hier heraushalten können. Das war zumindest ein kleiner Trost.

Dick war es indes ein Anliegen, sich bei Becky zu entschuldigen. »Ich … ähm … Sorry wegen der Sache mit dem Fuß.«

Becky, der zusammen mit dem Professor auf einer Pritsche kauerte, war gerade dabei, die Bandage neu zu wickeln. Er lächelte milde. »Ach, ist nicht so schlimm. Ich mache mir eher Sorgen um Professor Herzog.« Becky warf einen besorgten Blick über die Schulter. »Er hat was mit dem Herzen.«

Noch immer presste sich der Wissenschaftler die Hand auf die Brust. Er war sehr bleich im Gesicht und Schweißperlen standen ihm auf der Stirn.

Mitfühlend legte Anne ihm die Hand auf die Schulter. »Wie geht es Ihnen?«, fragte sie.

Der Professor schüttelte den Kopf. »Ich war solch ein Narr«, sagte er traurig. Es war klar: Es ging ihm nicht nur körperlich schlecht, sondern auch seelisch, und das war vielleicht sogar noch schlimmer. »Es tut mir so leid, Kinder.« Stöhnend fasste er sich an die Stirn.

Anne erschrak über seinen Zustand und sah Dick Hilfe suchend an. Er hatte verstanden. Nicht nur um ihrer selbst willen, sondern vor allem wegen des Professors mussten sie zusehen, dass sie einen Weg hier heraus fanden. Und zwar so schnell wie möglich. Sie selbst würden sicher eine Weile hier aushalten, bis die anderen irgendwann wiederkamen. Aber der Wissenschaftler würde nicht so lange durchhalten. Er brauchte dringend einen Arzt.

Nachdenken. Sie mussten nachdenken!

Julian und George hatten sich bereits darangemacht, die Kammer zu durchsuchen. Hier standen Kisten und Gerümpel herum, da musste doch etwas dabei sein, das ihnen weiterhalf! Dick nahm sich eine der Kisten vor und holte jedes Teil heraus, aber nichts war dabei, das ihnen zu irgendetwas genutzt hätte. Außerdem klebte der Dreck der Jahrhunderte daran.

Anne war an der Seite des Professors geblieben. Sie konnte ihm nicht wirklich helfen, bildete sich aber ein, dass ihre Gegenwart ihn beruhigte. Sie fragte sich, ob dies sogar die Pritsche war, auf der bereits der unglückliche Graf damals gelegen hatte. Sie seufzte, wollte irgendetwas Aufmunterndes sagen. »Immerhin haben wir Licht. Im Dunkeln würde ich hier drinnen nämlich glatt durchdrehen.«

Dick stutzte. Anne hatte ihn auf einen Gedanken gebracht. Er sah hinauf zu der kleinen Blechlampe, die an einem nackten Kabel baumelte, das an der Decke entlang zur Außenwand hin lief. Woher kam der Strom?

Dick kletterte in die Fensternische. Die Mauer war armdick, er musste sich weit vorlehnen, um hinaussehen zu können.

Draußen pfiff inzwischen ein frischer Wind um das alte Gemäuer. Die Dunkelheit hatte sich über die Burganlage gelegt, doch der Mond schien hell und ließ die weiß verputzten Mauern leuchten.

Da! Dort hinten war an der Außenwand ein Stromkasten angebracht und von dort führte ein solides, dickes Kabel quer über den Burghof hinüber zu einer der Terrassen. »Vielleicht können wir uns mit diesem Kabel irgendwie abseilen!«, rief er George und Julian zu.

Jetzt drängelten sich die beiden ebenfalls in die Fensteröffnung, um zu sehen, was Dick meinte.

Julian blickte in die Tiefe. *Puh*, dachte er, *ambitionierte Idee*. Wenn sich das Kabel wenigstens in der Nähe des Fensters befunden hätte, aber es waren gut ein paar Meter bis dort. »Vergiss es«, sagte er deshalb, kaum dass er wieder auf dem Boden stand. »Erstens sieht das Kabel nicht unbedingt so aus, als könnte es das Körpergewicht von irgendeinem von uns hier tragen. Und zweitens nehme ich an, dass dieses Kabel unter Strom steht. Was wiederum das Licht erklärt.«

Dick machte ein bedröppeltes Gesicht. Natürlich hatte sein Bruder mit all dem recht. Aber es war immerhin eine Überlegung wert gewesen. Die sie aber wohl doch nicht weiterbrachte.

Aber George ließ es damit nicht auf sich bewenden. Sie griff nach einem Gegenstand, den sie vorhin in einer der Kisten gefunden hatte, und wog diesen in der Hand: eine Seilrolle.

»Wahrscheinlich meinst du, dass wir das Kabel dort irgendwie vom Stromkreis lösen und den Leichtesten von uns wie mit einer Gondel auf die andere Seite schicken, oder Dick?«

Bei den Worten ›den Leichtesten von uns‹ wurde Anne hellhörig. Sie sprang auf. »Das könnt ihr vergessen!«

George zog den Mund schief. »Schon klar, Anne. Ich dachte auch mehr an … Timmy.« Dabei war ihr sehr wohl bewusst, dass sie ihren Hund einer großen Gefahr aussetzen würde.

Timmy hörte nicht nur seinen Namen, sondern wusste auch, dass da irgendwas im Busch war. Irgendetwas wollten sie von ihm. Er fiepte und verbarg die Schnauze unter den Vorderpfoten.

Becky hatte Bedenken. »Und dann? Selbst wenn euer Plan funktioniert: Ich hab noch nie einen Hund Schlösser knacken sehen.«

George zuckte mit den Schultern. »Timmy ist unsere einzige Chance. Er muss Marty finden.«

Einen anderen Plan gab es nicht. Die Freunde atmeten tief durch. Jetzt galt es!

»Also los!«, sagte Julian.

Becky schüttelte skeptisch den Kopf. »Ihr seid verrückt.«

George nickte. »Manchmal.«

Kapitel 8

Noch nie in seinem Leben hatte Julian so etwas Waghalsiges getan!

Bloß nicht hinunterschauen in den Burghof!, sagte er sich immer wieder in Gedanken. Nachdem er die Füße auf den schmalen Mauervorsprung gesetzt hatte, der unterhalb des Fensters verlief, musste er erst einmal tief durchatmen. Der Wind pfiff ihm scharf um die Ohren.

Zwischen all dem Gerümpel hatten sie zumindest ein dünnes Sisalseil gefunden und Anne hatte darauf bestanden, dass er es sich um die Brust knotete. Das andere Ende befestigten sie an einem der Balken im Innern des Turmzimmers. Aber ob es im Notfall halten würde?

Wenn ich runterfalle, bin ich mausetot, dachte Julian und beschloss, einfach nicht hinunterzufallen. Er presste sich fest mit dem Rücken an die Wand.

Konzentriert schob er die Füße nun Stück für Stück auf dem Sims weiter. Das klappte besser, als er gedacht hatte. Doch konnte er sicher sein, dass das alte Mauerwerk ihn auch trug? Vorsichtig testete er jede Stelle, auf die er seinen Fuß setzte, bevor er das Gewicht verlagerte.

Dennoch. Plötzlich brach ein Mauerstein aus dem Sims

und stürzte in die Tiefe, wo er mit einem lauten Knall im Burghof zerbarst.

Julian spürte, wie ihm der Angstschweiß den Rücken hinunterrann. *Nicht runterschauen*, mahnte er sich erneut, nachdem er das Gleichgewicht wiedergefunden hatte. Kurz durchschnaufen, dann ging es weiter. Georges und Dicks Blicke begleiteten ihn. Er nickte ihnen kurz zu. Alles in Ordnung.

»Du schaffst das, Julian!«, rief Dick. Anders konnte er ihn gerade nicht unterstützen, was wiederum Dick total kribbelig machte.

Endlich hatte Julian den kleinen Stromkasten erreicht. Jetzt aus der Nähe sah er erst, wie verbeult das Blechteil war!

Julian musste sich ein wenig verrenken, um mit der Hand an die Klappe zu kommen. Aber er schaffte es einfach nicht, sie zu öffnen. Auch das noch!

»Mist, das Teil scheint irgendwie zu klemmen!«, rief er den anderen verzweifelt zu.

Dick reckte den Kopf weiter aus dem Turmfenster und rief gegen den Wind an: »Du musst Ruhe bewahren. Auf keinen Fall mit Gewalt aufbrechen. Das könnte gefährlich werden.«

Aber Julian hörte ihn nicht – oder tat zumindest so, als wäre Dicks Mahnung vom Wind davongetragen worden. Denn schon im nächsten Moment stieß er den Ellenbogen mit Kraft gegen den Metallkasten. Die Klappe sprang auf.

»Ey, nuschle ich?«, maulte Dick.

Obwohl es schon so dunkel war, erkannte Julian im Innern des Kastens die drei hellen Köpfe von altmodischen Schraubsicherungen aus Porzellan. Vorsichtig berührte er die erste mit spitzen Fingern. Ein Stein fiel ihm vom Herzen, als diese sich recht leicht herausdrehen ließ.

Nachdem es ihm gelungen war, auch die zweite zu entfernen, kam bereits aus dem Turmzimmer die Nachricht: »Das Licht ist aus!«

Doch bevor er es wagte, sich an dem Kabel selbst zu schaffen zu machen, drehte er die dritte Sicherung vorsichtshalber auch noch aus der Fassung.

Dann erst rüttelte er an dem Kabel, bis es mit einem harmlosen Funkenschlag aus dem Sicherungskasten glitt. Jetzt musste er es nur noch von der Halterung wickeln, die an der Außenmauer festgeschraubt war. Da! Endlich war es frei.

Julian war überrascht, wie schwer das Kabel war! Fast hätte er die Balance verloren!

Nun musste er sich auf dem Rückweg noch fester an die Wand pressen, denn das Kabel zog ihn mit seinem Gewicht unentwegt nach vorn.

Dick streckte ihm bereits die Hand entgegen. Geschafft, Julian war in Sicherheit und das Kabel konnte zum Einsatz kommen!

George bat Becky um seine Outdoor-Jacke, die dieser nur zu gern zur Verfügung stellte. Er war schwer beeindruckt davon, was die Freunde hier leisteten. Und er hatte noch etwas, das von Nutzen war. In seinem Rucksack gab es einen großen Karabinerhaken.

Während George sich daranmachte, Timmy sicher in

der Jacke zu verschnüren – die Ärmel wurden auf seinem Rücken verknotet, daran befestigte sie den Karabiner –, beeilte Anne sich, eine Nachricht für Marty zu verfassen, die sie dann an Timmys Halsband festmachte. Hier oben gab es sogar ein altmodisches Schreibpult!

Dann war es so weit. Die Jungen hatten die Seilrolle über das Kabel gesteckt und dieses fest an einem der Decken-Stützbalken verknotet. Es konnte losgehen. Jetzt hing alles von Timmy ab!

Natürlich sorgte George sich um die Sicherheit ihres Hundes, aber sie wusste auch, was die Fellnase alles draufhatte. Sie vertraute ihm vollkommen.

George nahm Timmy in den Arm. »Hör zu, Timmy, du hast schon ganz andere Sachen geschafft«, flüsterte sie ihm ins Ohr. Dann schloss sie für einen Moment die Augen und drückte ihr Gesicht in Timmys Fell. Sie gab dem Hund einen Kuss und sagte: »Hol Marty. Und mach schnell.«

Gemeinsam schoben sie Timmy in seiner Jacken-Halterung durch das Fenster. Der Hund hielt brav still. George schlug sich die Hände vors Gesicht. Sie mochte kaum hinsehen, wie sich die Rolle in schwindelerregender Höhe vorwärtsbewegte. Ganz langsam nur, aber sie bewegte sich! Der Plan schien zu funktionieren.

Die Freunde hielten den Atem an und horchten auf das leise Quietschen der Seilrolle, das der Wind zu ihnen herübertrug.

Plötzlich hörte das Quietschen auf. Timmy bellte. Die Rolle war auf halber Strecke stecken geblieben!

»Verdammt!« Mit großer Sorge beobachtete George,

wie Timmy zu zappeln begann. Hoffentlich hielt die Jacken-Konstruktion!

»Wir müssen das Seil in Schwingung versetzen«, rief Dick geistesgegenwärtig. »Vielleicht löst es sich dann.«

Mutig griff George nach dem Kabel und versetzte es mit kleinen, regelmäßigen Bewegungen in Schwingung.

Nichts geschah, außer dass Timmy immer unruhiger wurde.

Bitte, geh schon weiter, flehte George innerlich, den Tränen nahe.

Endlich, nach einer gefühlten Ewigkeit, setzte das Rädchen sich wieder in Bewegung. Langsam, aber stetig bewegte sich Timmy weiter in die Tiefe.

Da ließ George den Tränen ihren Lauf. Diesmal vor Erleichterung. Das andere Ende des Kabels konnten die Freunde in der Dunkelheit nur noch schemenhaft erkennen. Es führte wohl auf eine Art Terrasse, auf der mehrere Fässer gestapelt waren. Doch als die Spannung auf dem Kabel nachließ und Timmy fröhlich kläffte, wussten sie, er war heil angekommen und hatte sich bereits aus der Jacke befreit. Dann sahen sie ein paar helle Fellflecke von den Fässern hinunter durch die Dunkelheit flitzen.

Timmy hatte es geschafft! Jetzt kam es darauf an, dass er Marty fand!

Erschöpft ließen die Freunde sich mit dem Rücken an der Wand auf den Boden rutschen. Jetzt, da die Anspannung nachließ, spürten sie, wie ausgelaugt sie wirklich waren. Erst die Buddelei im Wald und nun dieses Abenteuer!

An der Wand ihnen gegenüber kauerte Becky an der

Seite des Professors, der inzwischen im Fieber jammerte und stöhnte. Becky hatte ihm die Füße hoch gelagert und seinen Kopf auf seinen eigenen Arm gebettet.

»Wie geht's ihm?«, erkundigte sich Dick.

Doch Becky antwortete nur mit einem leichten Kopfschütteln.

Ihnen allen war klar: Sie hatten nicht mehr viel Zeit, wenn sie den Professor retten wollten.

Der Schlaf wollte einfach nicht kommen. Unruhig wälzte sich Marty in seinem Schlafsack auf dem Waldboden hin und her. Immer wieder kamen ihm die Bilder in den Sinn, wie seine vermeintlichen Freunde ihn ausgelacht und angepöbelt hatten, und versetzten ihm Stiche ins Herz.

Es war schon dunkel gewesen, als Marty die kleine Gruppe im Schillertal erreicht hatte. Walter und Christa, Gottfried und Hans hatten gemütlich um ein Lagerfeuer gesessen und einen Schreck bekommen, als Marty durchs Gebüsch auf sie zukam. Christa war sogar aufgesprungen und hatte einen kleinen Schrei von sich gegeben, der aber sogleich in ein erleichtertes Lachen übergegangen war, als die Marty erkannte.

Natürlich hatten sie sich gewundert, dass der Rest der Gruppe nicht mit Marty ins Schillertal gekommen war, so wie sie es abgemacht hatten. Aber Marty hatte ihnen ausgerichtet, was ihm aufgetragen worden war: Die anderen wollten lieber eine weitere Nacht im Schloss bleiben. »Es ist alles in Ordnung«, hatte er versichert.

Dennoch hatten sie gespürt, dass ihn etwas bedrückte.

Besonders Christa mit ihrer herzlichen Art fragte mehrmals, ob ihm etwas auf dem Herzen liege. Sogar der Stiesel Gottfried hatte sich erkundigt, ob alles mit ihm in Ordnung sei. Es war ganz erstaunlich, wie sehr dieser Mann sich verändert hatte, seit Christa ihm ihre Zuneigung offenbart hatte.

Aber Marty hatte nur abgewinkt. So gut es tat, dass diese Menschen jetzt so nett zu ihm waren und sich so fürsorglich zeigten, so wenig Lust hatte er, mit ihnen darüber zu reden, was ihn im Innersten bewegte. Es fiel im schwer, sich zu öffnen, war doch sein Vertrauen gerade noch so bitter enttäuscht worden.

Marty hatte sich etwas abseits einen Platz zum Schlafen gesucht und hoffte, dass sein Herumgewälze die anderen nicht störte.

Er horchte auf die nächtlichen Geräusche des Waldes und blickte hinauf zum Mond, der heute ganz besonders hell durch die Baumkronen schien, und versuchte, etwas Trost zu finden. Irgendwo schickte ein Käuzchen seine Klagelaute durch die Nacht. Automatisch suchte Martys Hand den Weg zu seinem Herzen. So döste er endlich ein.

Plötzlich spürte er etwas Nasses im Gesicht!

Für Timmy war es ein Leichtes gewesen, Marty zu finden. Quer durch den Wald führte seine Spur geradewegs zu dem Lager im Schillertal, und Timmy war ein ausgezeichneter Fährtenleser!

Sofort war Marty hellwach. »Timmy!«, rief er halblaut, um die anderen nicht zu wecken. Es tat gut, mit den Händen durch Timmys flauschiges Fell zu streichen. »Hey, was machst du denn hier?«

Marty war verwirrt. Kamen die anderen nun doch noch? Jetzt noch, wo doch bald schon der neue Tag anbrechen würde?

Da entdeckte Marty an Timmys Halsband eine kleine Papierrolle.

Er hob den Zettel ins Mondlicht und las:

Hör auf dein Herz. Es spricht seine eigene Sprache. Das Herz lügt nicht.

Das Herz!

Noch einmal dachte Marty an die Szene im Burghof zurück, die Kinder, wie sie ihm die schmerzhaften Worte entgegenspien, wie sie ihn ausgelacht und verhöhnt hatten … Das Herz! Wie hatte er nur so dumm sein und ihre Zeichen nicht sehen können! Julian, Dick, Anne und George, sie alle hatten es ihm doch so deutlich signalisiert, indem sie das Herz-Klopf-Zeichen gemacht hatten, immer und immer wieder, mit jeder Beschimpfung, die über ihre Lippen gekommen war! Klopf-klopf! Klopf-klopf! *Alles wird gut!*

Und jetzt erinnerte er sich auch an ihre verzweifelten Gesichter. »Sie wollten mich nur schützen«, sprach er seine Erkenntnis leise aus.

Aber da stand noch ein Satz auf dem Papier: *Wir brauchen deine Hilfe!*

Timmy fiepte ungeduldig.

Marty war jetzt klar: Timmy und er hatten eine Mission zu erfüllen!

Sofort schälte er sich aus seinem Schlafsack und folgte dem Hund in die Dunkelheit.

Auch die Freunde hatten in dieser Nacht nicht wirklich Schlaf finden können. Zu unbequem war die Kauerhaltung, in der sie irgendwie versucht hatten, ein wenig zu entspannen, denn außer der Pritsche, auf der der Professor lag, gab es hier nur Kisten und Kästen und den furchtbar staubigen Boden. Und zu sehr kreisten die Gedanken in ihren Köpfen und ließen sie keine Ruhe finden.

Es war so ein schreckliches Gefühl der Hilflosigkeit. Sie konnten nun nichts mehr tun als warten und hoffen. Hoffen, dass Timmy den Weg zu Marty gefunden hatte und dieser ihnen nach den schrecklichen Beschimpfungen überhaupt noch helfen wollte. Hoffen, dass rechtzeitig Hilfe kommen würde, um den Professor zu retten. Hoffen, dass Barbara und Pedro noch nicht mit der Zerstörung des Dinosaurierskeletts begonnen hatten.

Dieses Warten, das passte so gar nicht zu ihrer Art. Ihr Motto war es doch, die Dinge anzupacken!

Irgendwann mussten sie doch ein wenig eingedöst sein, denn sie bekamen es nicht mit, als sich schließlich die Strahlen der grellen Morgensonne in das Fensterrechteck schoben und die Staubkörner im Licht tanzen ließen.

Plötzlich waren Schritte auf der Treppe zu hören!

Sofort waren die Freunde hellwach. Mühsam reckten und streckten sie sich, denn von der unbequemen Haltung taten ihnen alle Knochen weh. Und dann war da endlich das erlösende Geräusch. Hundegebell!

»Timmy!«, rief George erleichtert.

Krallen kratzten von außen an der schweren Eichentür. Dann ein lautes Schaben, der Balken wurde aus der Halterung gehoben.

Die Tür schwang auf!

Timmy kam hereingestürmt, geradewegs in Georges Arme.

Und da stand er. Marty. Etwas verlegen, aber glücklich lächelnd. Und klopfte sich zwei Mal mit der Hand aufs Herz.

Die Freunde taten es ihm nach, in einem Gefühl großer Verbundenheit und Freundschaft.

Dann hielt Anne nichts mehr. Sie stürmte auf Marty zu und umarmte ihn so fest, als wollte sie ihn nie wieder loslassen.

Der Professor hatte sich mit Beckys Hilfe mühsam etwas aufgerichtet und saß nun gegen die Wand gelehnt auf der Pritsche.

Julian wusste, dass sie keine Zeit zu verlieren hatten. Auch keine Zeit für große Erklärungen. Jetzt musste er delegieren.

»Marty, bitte kümmere dich um den Professor, ja?«, bat er. »Es geht ihm nicht gut.«

Dann wandte er sich an Becky, dem die große Erleichterung ebenfalls ins Gesicht geschrieben stand. »Becky, Sie sagten etwas von einem Funkgerät. Rufen Sie damit die Polizei und schicken Sie sie zu der Höhle, von der wir Ihnen erzählt haben!«

Becky hob zustimmend den Daumen.

Marty hatte sich bereits an die Seite des Professors begeben. »Und i-ihr, was macht i-ihr?«, wollte er wissen.

Anne lächelte verschmitzt. »Wir haben noch eine kleine Rechnung zu begleichen.«

Und schon waren sie verschwunden, Timmy und die Kinder.

So schnell die Füße sie trugen, rannten sie die Wendeltreppe hinunter, über den Burghof und hinein in den Wald.

Hoffentlich kommen wir noch rechtzeitig!, war ihr einziger Gedanke.

Schließlich näherten sie sich der Felsspalte mit dem Eingang zur Höhle. Da war das Kichern einer Frau zu hören!

Noch ein paar Meter schlichen die Freunde geduckt weiter, dann gingen sie hinter einem Erdwall in Deckung. Nach dem ganzen Staub in dem Turmzimmer war es eine Wohltat, den frischen, würzigen Geruch des Waldbodens einatmen zu können.

Sie hatten Glück, denn von hier aus hatten sie einen guten Blick auf den Höhleneingang.

Und da waren sie: Barbara Herzog und Pedro. Sie schäkerten herum und warfen sich gegenseitig Küsschen zu.

»Heute ist ein fantastischer Tag, um ein Dinoskelett zu zerlegen, nicht wahr, Pedro?«, trällerte Barbara aufgekratzt.

»Mit dir ist alles fantastisch, mein Täubchen«, schnulzte Pedro zurück und gab ein dreckiges Lachen zum Besten.

Anne fand es unfassbar, dass dieser Typ sich sogar erdreistete, denselben Kosenamen für Barbara zu benutzen wie der Professor. Kannte der denn gar keinen Anstand?

Die Pharmazeutin stieg als Erste hinunter in die Höhle, der Portugiese folgte.

»Wir müssen uns schleunigst was einfallen lassen«, keuchte Dick. »Sonst zerstören sie das Skelett!«

»Das werden wir verhindern«, erwiderte George entschlossen. Sie sprang auf, sobald Pedros schwarzer Schopf in der Felsspalte verschwunden war.

Als sie sich sicher waren, dass Barbara und Pedro schon ein paar Schritte in die Höhle vorgedrungen waren, kletterten die Freunde vorsichtig hinterher.

Wie schwierig das war, durch die Höhle zu schleichen, ohne dabei Geräusche zu machen! Jeder kleinste Ton hallte von den Felswänden zurück. Die Freunde wagten kaum zu atmen.

Doch dann kam ihnen der Generator zur Hilfe. Sein lautes Knattern verschluckte die Geräusche ihrer Schritte.

Barbara und Pedro waren bereits in dem Teil der Höhle angekommen, in dem sich das riesige Skelett befand.

Im Licht der hellen Scheinwerfer waren sie gut für die Freunde zu erkennen, die hinter einem Felsvorsprung in Deckung gegangen waren. Da die beiden Ganoven die Freunde noch immer im Turmverlies wähnten, kam es ihnen gar nicht in den Sinn, vorsichtig zu sein. Das sollte den Fünf nur recht sein – bessere Chancen für sie!

Weil sie nun den Generator in der kleineren Höhle hinter sich gelassen hatten, konnten sie hervorragend verstehen, was Pedro und Barbara miteinander besprachen.

Die Frau des Professors hatte sich bereits mit einer Spitzhacke bewaffnet.

Oh nein!, dachte George, als die Frau auch schon zum ersten Schlag ausholte.

Aber sie hatten nicht mit Pedro gerechnet.

»Es ist schon schade«, sagte er genau in diesem Moment.

Barbara Herzog ließ die Hacke sinken. »Was ist schade?«, keifte sie genervt.

Pedro hob die Hand, um seine Worte zu unterstreichen. »Dass wir es kaputte mache. Es ist sehr beeindruckend«, meinte er mit einem Blick auf das Skelett.

»Ja«, stimmte die Pharmazeutin ihm zu. Doch sie hob erneut die Spitzhacke und holte aus. Sie war absolut besessen von ihrem Projekt. »Aber denk daran, wie du entlohnt wirst.«

»Warte, mein Täubchen, warte, warte«, unterbrach Pedro sie erneut. Er legte die Hand auf die Hacke und hinderte Barbara so daran, endlich zuzuschlagen. Ihr fanatischer Gesichtsausdruck verriet, wie sehr sie das wollte!

Doch Pedro zückte kichernd seine Kamera. »Wir machen Fotos!«, rief er euphorisch. »Komm, komm, komm. Musst du posen wie ein Supermodel«, sagte er. Da konnte Barbara dann doch nicht widerstehen. Sie ließ die Spitzhacke sinken und konzentrierte sich darauf, vor dem Dinosaurierskelett eine gute Figur zu machen und möglichst lasziv in die Kamera zu gucken.

»So eine eingebildete Tussi«, zischte Dick in seinem Versteck.

Klick, klick, klick! Pedro schoss ein Foto nach dem anderen. Er war ganz in seinem Element und gab seiner Geliebten Anweisungen wie bei einem Fotoshooting. »Das ist gut«, sagte er. »Und jetzt musst du gucken böse.«

Er tänzelte um sie herum und schoss Foto um Foto. »Bist du so sexy. Musst du brüllen! Ha!«

Barbara spreizte die Finger und fletschte die Zähne. Böse fauchte sie in die Kamera.

»Ah, du machen mir Angst«, rief Pedro. »Ich mag, wenn du böse bist.«

Julian pustete Luft aus. *Das ist ja nicht auszuhalten*, dachte er, erkannte aber im nächsten Moment die Chance, unbemerkt in die andere Höhle zu schleichen. Die Erwachsenen waren so in ihre Fotosession vertieft, dass sie auf nichts anderes mehr achteten! Er musste nur …

Aber jetzt sollte das Highlight kommen! Pedro wollte Barbara dabei fotografieren, wie sie den ersten Schlag gegen das Skelett tat! »Okay, okay«, flüsterte Pedro. »Auf drei! Um, dois, três!«

Ein lautes Stöhnen von Barbara hallte durch die Höhle, als sie zuschlagen wollte, aber …

Julian war schneller! Im Handumdrehen war er zurück in die kleinere Höhle geflitzt und hatte den Generator abgeschaltet. Die gesamte Höhle versank in Finsternis!

»Wo ist die Licht hingegangen?« Pedro klang verzweifelt.

»Aaahhh!«, fluchte Barbara. »Der Generator! Ich geh mal Licht machen«, sagte sie und die Freunde hörten ihre schnellen Schritte Richtung Generator verschwinden.

»Aber nicht das Köpfchen stoßen«, mahnte Pedro liebevoll.

Die Freunde brachten sich in Position. Jetzt kam es darauf an, dass jeder Handgriff saß!

Pedro hatte inzwischen seine Kamera abgelegt und eine Taschenlampe zur Hand genommen. Er leuchtete den Dinosaurier an. »Holla companheiro!«, flüsterte er. »Bist du eine großes, böses Bube, hä?«

Aber der wirklich böse Bube stand hinter ihm. Es war Dick, der sich seine Kamera geschnappt hatte!

»Pedro!«, lockte er ihn.

Der Portugiese drehte sich verdutzt zu Dick um und ... Flash!

»Ah!«, stöhnte Pedro und hielt sich den Handrücken vor die Augen. »Meine Augen! Meine Augen tun weh!«

Plonk! Die Rückseite eines Spatens schlug auf seinen Hinterkopf!

Pedro streckte noch den Finger nach Dick aus und ging dann bewusstlos zu Boden.

George hielt den Spaten in der Hand und grinste zufrieden. »Und der Kopf jetzt wahrscheinlich auch.«

Schnell huschten die Freunde wieder in ihre Verstecke, denn schon war das Rattern des Generators wieder zu hören, der langsam Fahrt aufnahm. Die Trafos bekamen Strom und surrten, die Scheinwerfer flackerten, dann war die Höhle wieder in helles Licht getaucht.

Und da kam sie auch schon – ein Liedchen summend – angelaufen mit ihrem ladyhaften Hoppelschritt: die skrupellose Pharmazeutin.

Das fröhliche Lied verstummte im selben Augenblick, in dem sie Pedro bewusstlos auf dem Boden liegen sah.

»Pedro! Pedro!« Sofort kniete sie sich neben ihn und tätschelte seine Wange. »Sag was, Pedro. Was ist los?«

Die Antwort bekam sie nicht von ihrem Geliebten, sondern von George. »Wir sind los!«

Erschrocken sprang Barbara auf und starrte in die Gesichter von George, Dick und Anne.

»... der Klugscheißer«, sagte Dick.

»... und die Nervensäge«, ergänzte Anne.

Natürlich hatten die Freunde mit genau dem gerechnet, was Barbara jetzt tat. Sie zückte ihre Waffe. »Ihr vier glaubt wohl, ihr könntet mich überlisten.«

Du hast falsch gezählt, dachte Anne schadenfroh.

Barbara stutzte. Jetzt hatte auch sie wohl ihren Rechenfehler bemerkt. »Moment mal!«

Plonk! Julian, mit dem Spaten in der Hand, ließ sie nicht zu Ende rechnen. »Ja, glauben wir«, sagte er grinsend, als Barbara zu Boden ging.

Sie fiel weich – direkt auf ihren Liebhaber.

Triumphierend hob George die Hand zum High Five, die anderen klatschten ab. Sie hatten es geschafft! Die Verbrecher waren außer Gefecht gesetzt, der Dinosaurier war gerettet, Martys Vater konnte rehabilitiert werden. Und – das war wohl das Wichtigste – Marty würde glücklich sein!

Als Barbara und Pedro nach kurzem Schlummer wieder erwachten, waren sie bereits gefesselt. George und Julian halfen ihnen auf die Füße und führten sie zum Ausgang der Höhle, wo Timmy am Felsrand brav auf sie wartete.

Aber wo blieb denn Dick?

»Dick?«, rief George. »Wo steckst du?«

Da kam er schon angerannt, freudig strahlend, und hielt das Tagebuch von Marty Bach senior in die Höhe. »Ich musste nur noch was holen.«

»Die Polizei könnte auch langsam mal auftauchen«, meinte Anne.

Da krachte ihnen genau die im selben Moment direkt vor die Füße. In Person von Inspektor Stiehl, der offenbar den Felsspalt übersehen hatte und nun bäuchlings auf dem Höhlenboden lag. Zu seinem Glück auf einer dicken Schicht aus weichem Laub.

»Na, wenn man vom Teufel spricht«, frotzelte George, die nicht vergessen hatte, wie der Polizist Marty verspottet hatte. *Die kleinen Sünden straft der liebe Gott sofort*, dachte sie.

Fast hatte sie jetzt ein bisschen Mitleid mit dem Inspektor, wie er so zu ihren Füßen im Dreck lag und schwerfällig den Kopf hob. »K-keine Sorge«, stammelte er. »Ich h-hab alles im Griff.«

Dafür hatte Timmy nur ein lautes *Wuff-Wuff* übrig!

Zusammen mit weiterer Verstärkung von der Polizei war bald darauf auch Marty eingetroffen.

Vollkommen ergriffen blätterte er in dem Tagebuch seines Vaters. Man konnte ihm ansehen, dass eine zentnerschwere Last von ihm gefallen war. Er wirkte richtig glücklich.

Die Freunde saßen neben ihm auf ein paar kleineren Felsen und lauschten seinen Worten, als er mit zittriger Stimme den letzten Eintrag auf den vergilbten Seiten des

Tagebuchs vorlas. »Vielleicht wird mein Sohn Marty eines Tages genauso stolz auf mich sein, wie ich es immer auf ihn gewesen bin.«

Nach dem, was sie in der Höhle gefunden hatten, konnte Marty sogar mehr als stolz auf seinen Vater sein.

»Nicht nur ein paar Dinoknochen. Ein ganzes Skelett liegt da unten«, verkündete Dick.

Ein Ausdruck von Dankbarkeit legte sich auf Martys Gesicht. Marty Bach senior hatte tatsächlich einen Dinosaurier gefunden. Daran konnte nun niemand mehr einen Zweifel haben.

Martys Vater war kein Spinner!

In diesem Moment führten zwei Polizisten Barbara Herzog und Pedro Mendes in Handschellen ab. Barbaras genervter Blick war eine Genugtuung für Anne, die so großes Mitleid mit dem Professor hatte.

Barbara selbst war nun nur noch frustriert. Ihr schöner Plan vom Reichtum lag in Scherben vor ihr. Das geschah ihr mehr als recht, fand Anne.

Über Pedro hätte sie sich allerdings kaputtlachen können. Er fragte doch tatsächlich den einen Polizisten, ob Barbara und er ein Doppelzimmer bekommen könnten!

Dass er wie ein Hündchen um seine Geliebte herumgehampelt war und alles getan hatte, was sie von ihm verlangte, war eine Sache. Aber konnte er wirklich so dumm sein?

Offenbar – und so erntete er von dem Polizisten auch nur Spott. »Ein gemeinsames Zimmer? Sehr witzig. Sie wandern in den Knast. Nix mit gemeinsamem Zimmer.«

Plötzlich kam zwischen den Felsen noch jemand hervorgekrochen. Inspektor Stiehl! Erde, Blätter, Zweige und allerlei Krabbeltierchen klebten überall an seinen Haaren, in seinem Gesicht und an seiner Uniform.

Julian hoffte, dass das seltsame Knirschen, als er sich streckte, nur von den Klettverschlüssen an seiner Polizeiweste stammte und nicht von seinen Knochen!

Ganz verantwortungsvoller Polizist fragte er: »Seid ihr in Ordnung?«

Die Freunde bejahten das. Aber sie wussten, da würde jetzt noch was kommen.

Stiehl nahm seine Dienstmütze ab. Seine Haare klebten verschwitzt am Kopf. »Ja, also, nachdem wir verständigt wurden, sind wir sofort gekommen. Na ja, wie auch immer …« Er druckste herum. »Ist ja noch mal alles gut gegangen.«

»Wie geht es dem Professor?«, wollte Dick wissen.

Der Inspektor nickte. »Gut. Der Arzt meint, dass er in ein paar Tagen wieder auf den Beinen ist.«

Erleichtert nickten die Freunde sich zu. Alles richtig gemacht!

Stiehl setzte sich die Mütze wieder auf, und er wirkte, als sei er dadurch um ein paar Zentimeter größer geworden. »Und jetzt muss ich euch aber noch was sagen«, rief er in strengem Ton. Doch er fing sogleich an zu stottern. »Äh … möchte … Also, was ich eigentlich sagen will, ist …« Er holte Luft, als müsste er eine Portion Mut einatmen. »Danke. Also, wirklich.«

Timmy bellte, als wollte er sagen: Wird aber auch Zeit!

Julian strubbelte dem Hund über den Kopf. »Gern geschehen«, versicherte er.

Dann wandte Inspektor Stiehl sich an Marty. »Ja, Marty … Tja, also … Es tut mir leid, dass ich dir nicht geglaubt habe. Und wenn ich ein bisschen schroff zu dir war, dann … entschuldige ich mich dafür.« Er wischte sich die verschmutzte Hand an seiner Weste ab und streckte sie Marty hin.

Marty wäre nicht Marty, wenn er dem Inspektor nicht hätte verzeihen können. Lächelnd erwiderte er den Händedruck.

Stiehl tippte sich zum Abschied an den Rand seiner Mütze.

Ein paar Tage waren vergangen, und nicht nur Tante Fanny war von ihrer Grippe so gut wie genesen, auch Professor Herzog war wieder ganz der Alte. Sogar seine Enttäuschung über die Eskapaden seiner Frau schien er gut verarbeitet zu haben.

Und noch etwas war geschehen. Man hatte das Dinosaurierskelett mit größter Vorsicht aus der Höhle herausgeholt und im Heimatmuseum aufgebaut, damit es für die Öffentlichkeit zugänglich war.

Und nun waren sie alle wieder versammelt in dem großen Saal: Becky, Walter, Christa und Gottfried – die sich verliebt an den Händen hielten – und sogar Kurt Weiler. Nur Barbara Herzog und Pedro Mendes fehlten.

Noch viele, viele mehr waren gekommen, um sich die Sensation nicht entgehen zu lassen. Journalisten drängelten sich durch die Menge, ein Blitzlichtgewitter prasselte auf die Freunde nieder.

Alle waren sie fein herausgeputzt, Anne hatte sich wieder das Blumenkränzchen ins Haar geflochten, und selbst Timmy trug eine Schleife um den Hals.

Auf der Bühne vor dem Skelett stand kein Geringerer als Professor Herzog. Er sah winzig klein aus vor dem majestätischen Dinosaurier.

»Ich kann aufgrund meiner langjährigen Berufserfahrung als Paläontologe bestätigen, dass dieses Skelett hier der wohl besterhaltene Knochenfund eines Dinosauriers ist«, verkündete er.

Ein Raunen ging durch das Publikum und erster Applaus brandete auf. Staunende Gesichter wollten einen möglichst guten Blick erhaschen.

»Dass wir diesen spektakulären Fund heute hier vorstellen können, verdanken wir einem ganz besonderen Menschen.« Der Professor machte eine Kunstpause. »Begrüßen Sie mit mir: Marty Bach junior!«

Alle waren aus dem Häuschen und klatschten, was das Zeug hielt. Mit einem Nicken ermunterte Dick Marty, auf die Bühne zu gehen. Zögernd stieg dieser schließlich die kleine Treppe hinauf.

Hinter sich hörten die Freunde plötzlich jemanden sehr laut und unangenehm »Bravo!« rufen. »Toller Kerl, dieser Marty!«

Kurt Weiler!

Dass der es wagt!, dachte Anne. Aber es kam noch dreister. Weiler brüstete sich doch tatsächlich damit, bereits Martys Vater gekannt zu haben. »Sehr sympathischer Mann«, versicherte er scheinheilig.

Ganz im Gegensatz zu dir, du Vollpfosten, dachte Anne und trat einen Schritt von dem unangenehmen Menschen weg. Wenn sie nur an diesen versifften Wohnwagen dachte …

Sie konzentrierte sich lieber auf Marty, der jetzt ans Mikrofon trat. Da stand er nun, ihr guter Freund Marty. Stolz vor *seinem* Dinosaurier.

»Ich bin Marty«, sprach er klar und deutlich. »I-Ich weiß, ich bin nicht wie andere. Und weil ich so bin, wie ich bin, lachen die Menschen über mich. Aber es ist n-nicht wichtig, was die M-Menschen über einen denken, die sich n-nie die Zeit genommen haben, mich w-wirklich kennenzulernen.«

Julian beobachtete aus den Augenwinkeln, wie Weiler beschämt zur Seite guckte.

»Wichtig ist nur, was die Menschen über einen denken, die einem selber wichtig sind.« Marty suchte den Augenkontakt zu seinen Freunden aus der Wandergruppe. Christa lächelte ihn an, während Gottfried bescheiden den Blick senkte, hinab auf seine Hand, die Christas hielt.

Bei seinen nächsten Worten hob Marty die Hand zum Herzen. Klopf-klopf! »Und dass man auf sein Herz hört.«

Auch die Freunde machten das Herz-Klopf-Zeichen und signalisierten ihm damit: Wir haben dich verstanden.

Aber Marty hatte noch mehr zu sagen. »Ich möchte mich noch bei meinen Freunden bedanken. Ohne ihre Hilfe würde ich hier heute nicht stehen und der Dinosaurier hinter mir wäre für immer zerstört. Danke also, an Julian, Anne und Dick, George und Timmy.«

Auch Timmy hatte verstanden. »Wuff-Wuff!«

Das Publikum lachte.

»Timmy ist ein Hund«, erklärte Marty amüsiert. »Danke. Für alles.«

Doch als Marty die Bühne verlassen wollte, eilte der Professor wieder herbei. Er hatte noch eine Überraschung für Marty!

Indem er Marty zurück zum Mikrofon zog, sagte er: »Eine kleine Sache gibt es da noch. Da dieses Skelett vermutlich Scharen von Touristen anlocken wird, sucht die Stadt dringend jemanden, der die Führungen übernimmt. Und nach Absprache mit dem Bürgermeister kann ich mir dafür niemand Besseren vorstellen, als dich, lieber Marty.«

Er ließ Marty einen winzigen Moment Zeit, diese Nachricht zu verdauen.

»Also«, fuhr Professor Herzog fort. »Wenn du willst …?«

Doch Marty war so verdutzt, dass er nicht wusste, was er sagen sollte. Der Professor begann zu applaudieren und nach und nach stimmten alle mit ein. Am lautesten klatschten wohl die Freunde, die ihm aufmunternd zunickten. Ja, Marty, mach das!

Marty schien plötzlich wie erlöst. Er trat ans Mikrofon und sagte: »Ja, ich will.«

Auf einmal begann Tante Fanny laut zu schluchzen. Sie kramte ein Taschentuch hervor, schnäuzte sich und trocknete sich die Tränen. »Das ist viel schöner als die Hochzeit!«, sagte sie gerührt.

Es war Zeit, Abschied zu nehmen. Die Freunde und Tante Fanny fanden Marty auf dem Friedhof am Grab seines Vaters. Sie hielten sich zunächst im Hintergrund, denn sie wollten ihn nicht stören.

Marty hatte frische Blumen mitgebracht und das Foto von seinem Vater vor den Zwillingsbrüdern, das nun in einem neuen, schönen Rahmen steckte.

»Stell dir vor«, sagte Marty zu seinem Vater, »der Dinosaurier heißt jetzt Tyrannosaurus bachae. Das heißt so viel wie *Bachs Tyrannosaurus*. Nach seinem Entdecker. Also nach dir.«

Eine Weile hockte Marty schweigend vor dem Grab. Der Regen hatte die Sprühfarbe vom Grabstein inzwischen so gut wie abgewaschen. Nur ein paar winzige rostrote Sprenkel waren noch zu sehen.

Dann konnte Timmy nicht länger warten und preschte vor. Er wollte den jungen Mann begrüßen, den er so ins Herz geschlossen hatte, und der auch ihn in sein Herz geschlossen hatte.

Die Freunde und Tante Fanny folgten ihm.

»Hey, Marty«, grüßte Julian traurig. Er wusste jetzt schon, dass er ihn sehr vermissen würde.

George trat ein wenig verlegen von einem Fuß auf den anderen und versenkte die Hände in den Hosentaschen. »Wir müssen dann mal wieder … Also …« Es fiel ihr schwer, die richtigen Worte zu finden.

Aber es gab da ja eine Geste, die mehr sagte als Worte.

Die Freunde hoben die Hand und klopften sich zwei Mal aufs Herz.

Marty lächelte und machte es ihnen nach. Es tat gut, zu wissen, dass sie sich einander nahe fühlten.

Die Hand noch auf dem Herzen fragte Marty: »Sehen wir uns wieder?«

Jetzt strahlte Anne ihn an. »Das will ich doch hoffen!«

Marty lächelte zurück, aber auch ihm fiel der Abschied schwer.

»Ach so«, sagte da George. »Wir haben für dich übrigens ein Geschenk.« Sie beugte sich zu ihrem Hund hinab. »Los, Timmy. Hol's!«

Diesen Auftrag erfüllte Timmy doch zu gern! Eifrig flitzte er hinter einen Baum, wo sie das Geschenk abgestellt hatten. Mit einem Korb im Maul kam er zurück und stellte ihn Marty direkt vor die Füße. Er wusste doch, für wen der Inhalt gedacht war!

Doch Marty zögerte.

Julian nickte ihm auffordernd zu. »Sieh rein!«

Vorsichtig lüpfte Marty die kleine rote Decke. Zum Vorschein kam … ein Hundebaby!

Langsam hob Marty den schwarz-weißen Welpen heraus und drückte ihn sich sanft an die Brust. Wieder war er sprachlos.

»Wir waren uns einig, dass niemand besser auf einen Hund aufpassen kann als du«, erklärte Julian.

»Und Bürgermeister Jacoby hat auch nichts dagegen, wenn du ihn zukünftig mit zur Arbeit nimmst«, fügte George hinzu.

Marty war vollkommen gerührt. »Der Hund, w-wie heißt der?«

Dick grinste von einem Mützenrand zum anderen. »Ich hab mal so ein paar Namen für ihn ausprobiert und irgendwie fand ich, dass er auf *Dick* am besten reagiert hat. Aber, hey, das ist natürlich deine Sache.«

Marty drückte die Nase in das flauschige Fell des winzigen Hundes, und da wussten die Freunde, dass es das beste Geschenk war, das sie ihm machen konnten.

Tante Fanny räusperte sich. Jetzt wurde es aber Zeit!

Sie trat auf Marty zu und gab ihm die Hand. »Auf Wiedersehen, Marty.«

»Auf Wiedersehen, Frau Fanny«, antwortete Marty in seiner etwas unbeholfenen Art.

Dann drehte Georges Mutter sich zu den Kindern um. »So, stellt euch doch noch mal zusammen für ein Foto.«

Und das taten sie auch, die Fünf Freunde und ihr neuer Freund Marty mit dem Hundebaby, das vermutlich nicht Dick heißen würde.

Das Abenteuer war zu Ende und für Marty begann ein neuer Lebensabschnitt. Ein sehr aufregender neuer Lebensabschnitt.

Die Kinder und Marty lachten in die Kamera und Timmy machte Männchen.

Klick!

Enid Blyton

FÜNF FREUNDE

Fünf Freunde reloaded –
Spannende Abenteuer für Kinder von heute!

Die Fünf Freunde – das sind Julian, Dick, Anne und George (die eigentlich Georgina heißt) sowie Timmy, der Hund. Sie schlittern von einem Abenteuer ins nächste – wo sie sind, ist einfach immer was los! Mit Köpfchen, Tricks und Tims Superspürnase lösen sie selbst den kniffligsten Fall.

Fünf Freunde erforschen die Schatzinsel
Band 1, 160 Seiten, ISBN 978-3-570-17109-7

Fünf Freunde auf neuen Abenteuern
Band 2, 160 Seiten, ISBN 978-3-570-17110-3

Fünf Freunde auf geheimnisvollen Spuren
Band 3, 160 Seiten, ISBN 978-3-570-17111-0

Fünf Freunde auf Schmugglerjagd
Band 4, 160 Seiten, ISBN 978-3-570-17112-7

Fünf Freunde bein Wanderzirkus
Band 5, 160 Seiten, ISBN 978-3-570-17136-3

Fünf Freunde auf der Felseninsel
Band 6, 160 Seiten, ISBN 978-3-570-17164-6

Fünf Freunde im Zeltlager
Band 7, 160 Seiten, ISBN 978-3-570-17165-3

Fünf Freunde geraten in Schwierigkeiten
Band 8, 160 Seiten, ISBN 978-3-570-17166-0

Fünf Freunde helfen ihren Kameraden
Band 9, 160 Seiten, ISBN 978-3-570-17167-7

Freunde auf großer Fahrt
Band 10, 160 Seiten, ISBN 978-3-570-17168-4

Fünf Freunde als Retter in der Not
Band 11, ca. 160 Seiten, ISBN 978-3-570-17169-1

Fünf Freunde im alten Turm
Band 12, 160 Seiten, ISBN 978-3-570-17207-0

Fünf Freunde jagen die Entführer
Band 13, 160 Seiten, ISBN 978-3-570-17208-7

Fünf Freunde verfolgen die Strandräuber
Band 14, 160 Seiten, ISBN 978-3-570-17209-4

Fünf Freunde wittern ein Geheimnis
Band 15, 160 Seiten, ISBN 978-3-570-17210-0

Fünf Freunde auf dem Leuchtturm
Band 16, 160 Seiten, ISBN 978-3-570-17211-7

Fünf Freunde im Nebel
Band 17, 160 Seiten, ISBN 978-3-570-17212-4

Fünf Freunde und das Burgverlies
Band 18, 160 Seiten, ISBN 978-3-570-17213-1

Fünf Freunde und die wilde Jo
Band 19, 160 Seiten, ISBN 978-3-570-17214-8

Fünf Freunde und der Zauberer Wu
Band 20, 160 Seiten, ISBN 978-3-570-17215-5

Fünf Freunde – Der Dieb im Saurierpark
Band 21, 160 Seiten, ISBN 978-3-570-17216-2

Fünf Freunde meistern jede Gefahr
Band 22, ca. 160 Seiten, ISBN 978-3-570-17217-9

10299_22

cbj

www.cbj-verlag.de

Jory John / Mac Barnett

MILES & NILES

Im Streichespielen sind Miles & Niles die Größten. Schon jeder für sich war ein Meister seines Fachs – aber jetzt, wo sie sich zusammengeschlossen haben, sind sie ein unschlagbares Trickser-Duo! Oder zumindest dachten sie das …

Hirnzellen im Hinterhalt
Band 1, 224 Seiten,
ISBN 978-3-570-16367-2

Schlimmer geht immer
Band 2, 224 Seiten,
ISBN 978-3-570-16442-6

Jetzt wird's wild
Band 3, 224 Seiten,
ISBN 978-3-570-16467-9

Einer geht noch
Band 4, ca. 224 Seiten,
ISBN 978-3-570-17554-5

10402_4

cbj

www.cbj-verlag.de